GOLDMANN WELTRAUM TASCHENBÜCHER

Band 0155

—

Kris Neville · Experimental-Station

KRIS NEVILLE

Experimental-Station

MISSION: MANSTOP

Utopisch-technische Erzählungen

WILHELM GOLDMANN VERLAG
MÜNCHEN

Ungekürzte Ausgabe · Made in Germany

© 1971 by Kris Neville. Aus dem Amerikanischen übertragen von Tony Westermayr. Alle Rechte, auch die der fotomechanischen Wiedergabe, vorbehalten. Jeder Nachdruck bedarf der Genehmigung des Verlages. Umschlagentwurf von Eyke Volkmer. Gesetzt aus der Linotype-Garamond-Antiqua.

Druck: Presse-Druck Augsburg. WTB 0155 · Sch/Kö

ISBN 3-442-23155-8

INHALT

Sam hatte schon immer laufen wollen, nicht wie auf dem Tretrad in seinem Zimmer, das sich drehte, ohne voranzukommen, sondern richtig laufen, ohne von Wänden oder Barrieren aufgehalten zu werden.

Eine Barriere war etwas, was nicht wie eine Wand aussah, etwas, wo man hindurchsehen konnte, aber wenn man sie mit den Händen abtastete, wenn man sie *berührte,* war sie genau wie eine Wand. In seinem Zimmer gab es eine Barriere – hatte es sie gegeben. Eine ganze Seite seines Zimmers war eine Barriere gewesen. Er hatte den schweren Tisch hochgehoben und an die Barriere geschleudert. Er hatte ihn kräftig geschleudert, mit aller Macht, weil die Barriere sehr stark war. Aber er war auch stark, stärker als die Barriere, und er hatte sie zerbrochen.

Bei dem ersten Dutzend ungeschickter Schritte glaubte er auf eine zweite Barriere zu stoßen und nahm deshalb mit, was vom Tisch übriggeblieben war, aber als er keinem Hindernis mehr begegnete, ließ er den Tisch fallen und lief schneller und schneller, und sein Herz begann sich in seinem Körper zu weiten.

Er lief schnell, so schnell, wie er wußte, daß er laufen konnte, wenn er es jemals versuchte, schneller, als sie glaubten, daß er laufen konnte. Er konnte schneller laufen, als sie glaubten, und er war stärker, als sie vermuteten.

Zwischen ihm und der Kuppel lag jetzt eine kleine Bodenerhebung. Er war frei, sie würden ihn niemals finden, und das tat ihm wohl.

Davon war er überzeugt, sie würden ihn niemals finden, weil er sich nicht finden lassen würde. Wenn er einen von ihnen nachkommen sah, würde er laufen und laufen und laufen –

Oder –

Er lächelte vor sich hin. Er war stärker, als sie von ihm glaubten, und wenn er einen von ihnen auf sich zukommen sah, einen von ihnen im Innern eines schwarzen, glänzenden Dings, dann würde er – er würde –

Vor ihm lag eine dunkle Fläche, die große, dunkle Fläche. Er wußte, daß er hineingehen konnte, wie er es von den Dingen gesehen hatte, die sich bewegten.

Manche Dinge bewegten sich, und sie waren die Dinge, die lebten, wie er lebte, und die Dinge, die sich nicht bewegten, sie waren die Dinge, die nicht lebendig waren. Er hatte lebendige Dinge gesehen, große, sehr lebendige Dinge, die in das Dunkle hineingingen und wieder herauskamen, und daher wußte er, daß er hineingehen konnte, und er wußte, daß ihn das Dunkle verbergen würde.

Oft hatte er hinter seiner Barriere hinausgeblickt und gespürt, wie das Dunkle ihn rief, mit einer stummen Stimme rief, die sein Blut in Wallung brachte, ihm zurief und sagte: ›Hier gehörst du her‹, sagte: ›Das ist dein Zuhause, hier gehörst du her, fort von ihnen.‹

Er gebrauchte seine Hände, um besser laufen zu können, und er konnte schneller laufen mit ihnen.

Gedrungen, insektenartig war er und eilte auf das Dunkle zu.

Das Dunkle zerrte an ihm, aber es tat sogar gut, daß etwas an ihm zerrte, denn es bedeutete, daß er frei war, befreit von der Kuppel.

Tiefer, immer tiefer floh er in das Dunkle, bis die hohen und knorrigen Bäume ihn ganz umgaben und die weiche Dunkelheit, die sie hervorriefen, ihn ganz einschloß.

Sam ruhte sich aus.

Als er wach wurde, war es dunkel. Nicht düster, sondern *dunkel*. Er hatte noch nie eine solche Dunkelheit erlebt. Am Himmel zeigte sich nicht einmal eines der langschwänzigen Dinge. Einen Augenblick lang hatte er Angst und wußte nicht genau, wo er war. Dann begriff er langsam, und er hatte keine Angst mehr. Und wenn er wartete, würde es heller werden. Es wurde immer hell, nachdem es dunkel geworden war, wenn er nur lange genug wartete.

Er kauerte am Boden und wartete darauf, daß die riesige,

ein wenig bläuliche Sonne aufging und ihm Licht brachte, damit er die neue Welt um sich herum sehen konnte.

Mit der Zeit hörte er seltsame Laute in den Bäumen, und er wußte, daß etwas Lebendiges, so wie er lebendig war, dort oben diese Geräusche machte. Er wollte sie sehen können, aber es war noch zu dunkel. Aber links von ihm, weit hinter den Baumwipfeln, konnte er sehen, wie sich das Schwarz des Himmels aufhellte, kaum merklich noch, und er wußte, er würde, wenn er nur noch ein wenig länger wartete, die Dinge dort oben sehen können, die lebendig waren, wie er lebendig war.

Er dachte an die Kuppel, während er am Boden kauerte und wartete. Er dachte an die häßlichen Dinge im Innern der Kuppel. Sie würden dort in der Kuppel stehen, dastehen vor einer kleinen Barriere und in sein Zimmer blicken. Sie pflegten ihn dauernd zu beobachten.

Sie waren lang und blaß – mit nur zwei Armen und nur zwei Beinen und nur zwei Augen – und häßlich, o wie häßlich. Und sie sahen ganz weich und schwammig aus. Wenn er einen von ihnen in seinen Armen hätte, würde er ihn zerquetschen können. Zu dünnem Brei.

Aber wenn sie in die schwarzen, glänzenden Gebilde stiegen, waren sie nicht mehr weich. Sie waren hart. Sie waren hart und kalt. Und er konnte sie dann nicht zerquetschen.

Sam hatte es versucht.

Nicht fest, nicht so fest, daß sie sehen konnten, wie stark er war, aber fest genug, um einzusehen, daß er sie nicht zerquetschen konnte, wenn sie in den schwarzen, glänzenden Gebilden steckten, und wenn er sie berührte, fühlten sie sich immer kalt und hart an.

Seit er denken konnte, fühlten sie sich kalt und hart an.

Manchmal wollte er einen von ihnen berühren, wenn er nicht in einem schwarzen, glänzenden Gebilde steckte. Und es tat ihm sehr weh, ganz tief, daran zu denken: daß er einen von ihnen sanft – o so sanft – berühren wollte, fühlen wollte, wie einer von ihnen ihn berührte und mit seinen häßlichen Händen streichelte und ihn vielleicht festhielt, bis er einschlief. Aber sie legten immer ihre schwarzen, glänzenden Gebilde an, wenn sie in sein Zimmer kamen, um ihn zu sehen, und sie fühlten sich kalt an, ganz und gar nicht so, wie er berührt werden wollte.

Aber in letzter Zeit schmerzte ihn das nicht mehr so tief. Nicht mehr so sehr, in letzter Zeit.

Sie waren zu häßlich, sagte er sich, nicht hübsch wie er, sondern häßlich, und er wollte nicht, daß ihn etwas so Häßliches berührte, sagte er sich.

Er mochte sie nicht, sagte er sich. Er hatte sie nie gemocht, und das war der Grund, weshalb er fortgelaufen war, weil er sie nicht mochte.

Es war licht, und er konnte kleine Dinge über sich in Bewegung sehen. Sie waren sehr hübsch, und er wollte eines von ihnen in den Händen halten.

Schon ihr Anblick machte Sam traurig.

Sam, sagte er zu sich. Er bildete den fremdartigen Laut seines Namens, grunzend, und berührte sich dabei. Sam. Sie sagten das. Sie nannten ihn immer so. Sam. Es gab sonst nirgends auf der Welt Sams. Es gab nur ein lebendiges Wesen, das wie ein Sam aussah: Sam.

Sam wußte es. Er hatte im Dunkeln gewartet, daß andere Sams kämen, seit er denken konnte. Es gab sie nicht. Er war der einzige.

Er war . . . Einen Augenblick glaubte er, er sei wie diese häßlichen Dinge in der Kuppel. Er war wie sie. Er war nicht wie die kleinen beweglichen, lebendigen Dinge, die er in den Händen halten wollte, aber nicht konnte, weil er nicht wußte, wie er zu ihnen hinaufgelangen sollte, hinauf in die Baumwipfel.

Es machte ihn traurig, so zu sein wie die häßlichen weißen Dinge.

Er schaute sich im ersten trüben Licht um. Wenn er noch in der Kuppel wäre, würden sie ihm wieder die gutschmeckenden Dinge bringen. Er schaute sich weiter um.

Und er sah ein paar von den gutschmeckenden Dingen reif

und rot an einem Strauch hängen, dort, reif und rot schimmernd.

Sie schmeckten sogar noch besser als je zuvor, und er aß, soviel er wollte, mehr, als sie ihm je gegeben hatten.

Er ging weiter, tiefer in das Dunkle, und während er sich bewegte, hörte er rings um sich Geräusche von Dingen, die sich bewegten wie er, die lebendig waren wie er.

Einmal sah er die großen Umrisse eines Dings zwischen den dichtstehenden Bäumen vor sich, und er konnte es nicht einholen, weil es so schnell lief.

Das bedrückte Sam, es bedrückte ihn sehr, und er setzte sich auf den Boden und war lange Zeit bedrückt.

Dann stand er auf.

Diesmal würde er eines von den Dingen nicht mehr entwischen lassen; er würde keinen Schrei ausstoßen, so daß es ihn hören konnte; er würde ganz still sein, bis er nah genug herangekommen war, um die Hand auszustrecken und es zu berühren und dann festzuhalten, es daran zu hindern, daß es davonlief.

Endlich sah er wieder eines der lebendigen Dinge, nicht so groß wie das erste und überall mit Haaren bedeckt.

Er kroch langsam darauf zu. Als er nah genug herangekommen war, sah er, daß es sich bückte und von etwas aß, was aussah, als sei es einmal lebendig gewesen, wie er lebendig war, aber jetzt nicht mehr.

Sam war nun ganz nah, hinter einem kleinen Baum, beobachtete es beim Essen, hörte es essen, sah lange Zähne in das Ding am Boden schlagen.

Sam trat hinaus.

Das Ding, das aß, hörte auf zu essen und warf den Kopf zurück und öffnete seinen Mund, und grünes Zeug troff von seinen Kiefern.

Es machte ein sehr lautes Geräusch.

Sam war sehr glücklich. Sam machte auch ein lautes Geräusch. Sam ging auf das Ding zu, und es wich zurück und gab noch immer Laute von sich.

Sam wollte es so gerne berühren.

Er machte sich bereit, spannte die Muskeln an und sprang.

Sam packte es beim Hals, und Sam hielt es fest. Es wehrte sich, aber Sam war sehr stark und ließ es nicht entkommen.

Es versuchte, die langen Zähne in einen seiner Arme zu stoßen, aber Sam ließ es nicht zu, weil er fürchtete, daß es weh tun könnte, schlimmer als der Strauch, der ihn gekratzt hatte, viel schlimmer.

Sam hielt es lange Zeit fest, während es fauchte und sich wehrte, und er fuhr mit den Fingern durch die Haare, und das fühlte sich gut an. Sam gab Laute des Vergnügens von sich und streichelte es und fand es schön, daß es warm in seinen Armen lag. Es war weich und behaart, wie er weich und behaart war. Die häßlichen Dinge waren nicht behaart.

Sam ließ es los, und es rannte davon, und Sam war wieder sehr traurig und verwirrt dazu.

Sam setzte sich auf den Boden und betrachtete das Ding, das am Boden lag und sich nicht bewegte, halb verzehrt.

Sam beugte sich hinüber zu ihm und streichelte es, aber das machte keinen Spaß, weil das Ding still und kalt war.

Sam nahm schließlich seine starken Hände und riß von dem grünen Fleisch ab.

Sam probierte es, und es war gut, besser sogar als die runden roten Dinge.

Er aß, bis er nicht mehr konnte, dann rollte er sich neben den Resten des Dings zusammen, das ihn genährt hatte, und schlief lange Zeit, glücklich . . .

Sam hatte wieder Hunger. Er war in das Dunkle vorgedrungen und hatte wieder Hunger.

Er wußte, daß er Hunger hatte, als er eines von den behaarten Dingen, von denen er gegessen hatte, vor sich sah; es aß von den tiefhängenden Blättern.

Sam wußte, daß es davonlaufen würde, wenn er darauf zuging; wußte, daß er es dazu bringen mußte, sich hinzulegen, wenn er es am Boden haben wollte, damit er davon essen konnte, sonst würde es davonlaufen.

Sam runzelte die Stirn.

Dann hob Sam ein hartes Ding auf, das am Boden lag, ein großes, hartes Ding, das schwer war.

Sam wußte, daß er das lebendige Ding vor sich damit treffen konnte, und wenn er es tat, würde er es zu Boden schlagen, wie er eines von den häßlichen Dingen in seinem Zimmer an der Kuppel niedergeschlagen hatte, als es ihm seine gutschmeckenden Dinge brachte.

Sam warf den Stein.

Sam hörte ihn auftreffen, und Sam war sofort da. Er stürzte sich auf das lebendige Ding, das strampelnd am Boden lag, stürmte hin und fiel darauf, und es quietschte und quietschte.

Sam grub seine Hände hinein, und es quietschte noch mehr.

Nach einiger Zeit hörte es auf zu quietschen, und Sam aß vom warmen Fleisch.

Als er mit dem Essen fertig war, dachte er über das Geschehene nach und kam zu dem Schluß, daß lebendige Dinge es nicht mochten, wenn man nicht-lebendige aus ihnen machte. Und er dachte, daß er sich das merken müßte: Denn wenn er etwas nicht mochte, würde er mit dem Ding, das er nicht mochte, vielleicht etwas machen wollen, was es nicht mochte.

Sam kauerte auf dem Hügel und blickte auf die Kuppel hinunter. Es war ein sehr steiler Hügel, und die Kuppel lag unten an seinem Fuß, und Sam sah auf die Kuppel hinunter.

Er duckte sich ganz tief, damit sie ihn nicht sehen konnten. Er konnte ein paar von ihnen in den schwarzen, glänzenden Dingen an der Außenseite der Kuppel sehen.

Aber er wußte, daß sie nicht auf ein langschwänziges Ding warteten.

Ein langschwänziges Ding war sehr groß und sehr hübsch, und es machte ein lautes Geräusch wie Donnergrollen. Nur kam es ganz selten, und es hielt auf der großen, ebenen Fläche dort. Die schwarzen, glänzenden Dinge holten Sachen heraus und trugen Sachen hinein, und dann, nach einer Weile, machte es ein großes Geräusch, und sein Schwanz zuckte heraus, weit heraus – der hübscheste Schwanz –, und es sprang in die Luft und schoß hinauf und hinauf, bis es nur noch ein winziges Pünktchen war, eines von diesen kleinen Pünktchen dort oben. Sam dachte, vielleicht waren das Sterne, langschwänzige Dinge, weit, weit entfernt.

Aber heute warteten sie nicht auf ein langschwänziges Ding. Sie suchten immer noch nach Sam, und wenn sie ihn fanden, würden sie ihn zurückbringen und wieder in das Zimmer an der Außenseite der Kuppel tun, wo sie ihn beobachten konnten.

Es hatte nie etwas anderes gegeben als das Zimmer. Seit er denken konnte, hatte er in diesem Raum gelebt. Zuerst war er sehr klein gewesen – so klein, daß er kaum denken konnte, und sogar vorher, dachte er, als habe er dort angefangen, lebendig zu sein.

Und sie beobachteten ihn immer. Es war eigentlich sehr seltsam: weshalb sie alles sehen wollten, was er tat – so als wären sie alle nur da, weil er da war, und aus keinem anderen Grund, und als sei das einzige, was sie tun wollten, ihn zu beobachten.

Sam gefiel das nicht, ganz und gar nicht, weil sie häßlich waren und ihn nie streicheln und festhalten wollten, wie er gestreichelt und festgehalten sein wollte.

Sam hielt sich ganz still und blickte hinunter.

Er mochte sie nicht. Er wollte etwas tun, was ihnen weh tat, weil er sie nicht mochte, etwas wie bei den Dingen, von denen er essen wollte, sie zu nicht-lebendigen Dingen machen, weil Dinge, die lebendig sind, nicht zu nicht-lebendigen gemacht werden wollen; er wollte die weichen, häßlichen Dinge nicht-lebendig machen. Weil sie ihn nie streichelten, nicht ein einziges Mal gestreichelt hatten, solange er denken konnte.

Sam dachte darüber nach, während er dasaß, ganz tief geduckt, und die Kuppel beobachtete, und schließlich fiel ihm etwas ein, was er ihnen antun konnte und was ihnen nicht gefallen würde.

Denn er wußte, daß sie immer die schwarzen, glänzenden Gebilde anlegten, wenn sie aus der Kuppel traten, in seine Luft, selbst in seine Luft dort in dem Zimmer. Und er dachte – denn er war schlauer, als sie von ihm glaubten –, daß die weichen, häßlichen Dinge die schwarzen, glänzenden Gebilde anzogen, sobald sie in seine Luft hinaustraten, weil sie seine Luft nicht mochten, ebensowenig wie er ihre Luft mochte. Er hatte sie einmal gerochen, als eine Spur davon in sein Zimmer gedrungen war. Sie war heißer als alles, was er je gespürt hatte, und sie machte ihn sehr krank und schmerzte in seinen Augen. Die weichen, häßlichen Dinge waren sehr aufgeregt gewesen und hatten alles mögliche getan, damit er sich besser fühlte. Sie hatte ihn aber sehr krank gemacht, und so wußte er, daß er ihre Luft nicht mochte, ganz und gar nicht.

Und wenn sie seine Luft nicht mochten, dann vielleicht –

Sam war aufgeregt. Er war so aufgeregt, daß er herumspringen wollte, aber das traute er sich nicht, weil sie ihn sonst vielleicht sehen und dann kommen würden, um ihn zu holen und in sein Zimmer zurückzubringen.

Vielleicht würde seine Luft sie nicht-lebendig machen, dachte Sam.

Das würde ihnen nicht gefallen.

Sam schlich den Hügel hinunter, und als er von der Kuppel aus nicht mehr zu sehen war, sprang er herum und stieß vergnügte Quietschlaute aus.

Nach zehn Lichtperioden kam Sam wieder zurück. Die elfte Periode begann eben, und die bläuliche Sonne malte den Horizont weit draußen über den Bergen hinter der Kuppel purpurrot.

Und er schaute auf die Kuppel hinunter und lächelte vor sich hin und fühlte sich sehr glücklich. Es war schwer gewesen, aber er fühlte sich sehr glücklich, weil es getan war. Er saß oben auf dem Hügel, blickte auf die Kuppel hinunter und war überaus glücklich.

Es war ein großes, schweres Ding, sehr groß und sehr schwer.

Es war von der Kuppel weit entfernt gewesen, und er hatte es in den Dunkelperioden bewegen müssen, damit sie ihn nicht sehen konnten. Den ganzen Weg hinauf zu der Spitze des Berges.

Aber er hatte es bewegt. Er wußte, daß er das stärkste Ding auf der Welt war. Er war das stärkste Ding, und es gab nichts, was ihm je gefährlich werden konnte. Dies war seine Welt, und es gab nichts, wovor er sich fürchtete. Es kam Sam so vor, als hätten die häßlichen Dinge diese Welt eigens für ihn gemacht.

Oder vielleicht, so dachte Sam, vielleicht hatten die häßlichen Dinge ihn eigens für diese Welt gemacht.

Er hatte große Stöcke, die er im Wald gefunden hatte, dazu benutzt, das Ding zu bewegen, und er war sehr stark, wirklich überaus stark, stärker, als sie glaubten, und er hatte es bewegt, und nun war er bereit.

Er stand da und blickte auf die Kuppel hinunter. Er würde die Kuppel mit dem großen, harten Ding zerbrechen, wie er die Barriere mit dem Tisch zerbrochen hatte.

Es war schwer zu rollen gewesen, aber er wußte, daß jetzt nur noch wenig zu tun war, und er schob einen Stock unter das große, schwere Ding, und er stemmte sich mit seiner ganzen Kraft dagegen, bis das große, schwere Ding am Rand schwankte, und dann – begann es zu rollen.

Langsam zuerst, dann schneller und immer schneller, den steilen Hang hinab auf die Kuppel zu, schneller und schneller und immer schneller.

Es prallte gegen die Kuppel.

Es war sehr hart und prallte gegen die Kuppel.

Zuerst passierte gar nichts, und Sam war bedrückt.

Dann konnte er im trüben Morgennebel eine Einbuchtung in der Kuppel sehen, eine Einbuchtung, die das große, schwere Ding hervorgerufen hatte, und er glaubte auch, daß es einen Riß erzeugt hatte, an der Seite, von der Einbuchtung aus fortlaufend, einen langen, geraden Riß, als sei dort eine Stelle geplatzt, die nicht ganz so widerstandsfähig gewesen war wie das Übrige.

Nach einer Weile kamen drei schwarze, glänzende Dinge heraus.

Nur drei.

Sam dachte, daß das vielleicht alle waren, daß die anderen nicht-lebendig sein mochten.

Es waren nur drei, und Sam war stärker, als sie von ihm glaubten, und Sam wollte sie jagen, wie er die Dinge jagte, von denen er essen wollte. Weil sie sich hart und kalt anfühlten und ihn nie gestreichelt hatten, nicht ein einziges Mal.

Er begann den Hügel hinabzuklettern – und er war schneller, als sie von ihm geglaubt hatten.

Er fing das erste schwarze, glänzende Ding ein und schleuderte es auf den Boden. Er hämmerte auf die Barriere ein – durch die er das häßliche, weiße Gesicht sehen konnte – bis sie zerbrach.

Große, nasse Dinge rannen über Sams Gesicht.

Er machte sich auf den Weg, die beiden anderen einzuholen.

Beim letzten ließ Sam sich Zeit. Nachdem er das schwarze, glänzende Ding abgeschält hatte, schüttelte er das nicht-lebendige Ding, das im Innern gesteckt hatte; alle möglichen seltsamen Dinge fielen heraus und lagen rings um Sam auf dem Boden.

Sam gab Laute vor den Dingen von sich, während die heißen, nassen Dinge aus seinen Augen liefen. Er versuchte die häßlichen Dinge wieder lebendig zu machen, aber das ging nicht.

Schließlich warf er das schlaffe, weiße, häßliche Ding beiseite und sah sich die anderen Sachen an.

Und eines von den Dingen begann sich zu bewegen. Es flatterte im Wind und bewegte sich. Sam dachte, es sei vielleicht lebendig, lief ihm nach und fing es.

Aber es war nicht lebendig. Sam wollte so sehr, daß es lebendig wäre.

Sam konnte beinahe hindurchsehen. Sam betrachtete es ganz nah; er runzelte die Stirn und starrte die merkwürdigen, schwarzen Zeichen darauf an.

›Liebe Bertha,
das Ungeheuer ist jetzt seit fast drei Erdenwochen fort. Um ganz ehrlich zu sein, ich bin sehr froh darüber. Ich nehme an, daß wir die Experimental-Station jetzt schließen und mit dem nächsten Raumschiff nach diesem heimfliegen werden. Wir sehen uns also früher, als ich gedacht habe.
Ab morgen suchen wir nicht mehr nach ihm. Da der ganze Zweck dieser Station nur darin bestand, einen menschlichen Embryo zu mutieren und in einer fremdartigen Umwelt bis zur körperlichen Reife aufzuziehen, glaube ich, daß wir geleistet haben, was man von uns erwartete.
Man kann sogar sagen, daß wir sehr erfolgreich gewesen sind.‹

Sam schüttelte das Ding heftig, aber die schwarzen Zeichen fielen nicht herunter.

Dann kam Sam auf den Gedanken, daß es vielleicht gut zu essen sein mochte. Er stellte aber fest, daß das nicht zutraf. Er gab verwirrte Laute von sich, und die heißen, nassen Dinge kamen immer noch aus seinen Augen und rannen über sein Gesicht.

Der Mond stand tief. Das breite Sternenband in der Milchstraße schwang sich über den Himmel, und die anderen Sterne sahen aus wie Funken, die man daraus geschlagen hatte. Der Wind sank zu einem Murmeln herab. Der Ford Baujahr 1928 nahm auf dem nach Washington führenden Straßenband Gestalt an.

Der Fahrer des Automobils wußte nicht, wie lange er würde überleben können. Die Daten zu diesem Thema waren theoretischer Natur; eine Beweisführung war so unmöglich wie für das Jenseits. Niemand war je zurückgekommen, um davon erzählen zu können. Er erstickte beinahe an seinem ersten Atemzug. Sein Herz hämmerte wild. Er krümmte sich vor Entsetzen zusammen. Die Knöchel traten am Lenkrad weiß hervor. Seine Züge schienen tiefer in das faltige Gesicht zu sinken, das von ungepflegtem weißem Haar eingerahmt war, das Gesicht eines jähzornigen, launenhaften und ungeduldigen Mannes.

Der Augenblick verging, und er zwang sich zur Ruhe. Er war Herr seines Körpers; der Leib mußte sich seinem Willen unterwerfen, so wie er es immer getan hatte. Seine schmalen Lippen, von einem Leben innerer Anspannung zusammengepreßt, bestätigten diese Herrschaft. Er würde der Angst keinen Platz einräumen.

Er atmete kurz ein und hielt die Luft an. Das Feuer in seiner Lunge ließ nach. Et atmete tiefer ein. Es war, als stehe er auf einem hohen Berg oder an einem anderen Ort, wo die Luft nur wenig Sauerstoff enthielt. Sein Körper rang mit einer Luft, die sich von der ein paar Atemzüge zuvor unterschied. Er begann beinahe zu keuchen. Er lenkte den Ford an den Straßenrand und hielt. Seine Stirn war schweißbedeckt. Es dauerte fast zehn Minuten, bis er ruhig genug atmen konnte, um weiterzufahren.

Er ließ den Motor an und rollte wieder auf die Straße hinaus. Er fuhr langsam, aus Angst, man könnte ihn wegen einer Übertretung der Verkehrsvorschriften anhalten. Bevor er nicht das Datum herausgefunden hatte, wußte er nicht, welchen Ausweis er verwenden sollte. Eine Schachtel auf dem Sitz neben ihm enthielt sechs verschiedene Garnituren für die Zeit zwischen 1930 und 1950. Der Wagen war ein Modell, das noch zurück bis Anfang 1927 nicht auffallen würde. Die Karosserie schwankte und knirschte unangenehm, aber der Motor lief noch rund. Außerdem würde er den Wagen bald nicht mehr brauchen.

Er hoffte, daß es vor 1940 war. Wenn es später sein sollte, würden sich die Erfolgsaussichten seiner Mission wesentlich verringern. Das Datum selbst hing von seiner Kompatibilitätsgrenze ab, jenseits welcher – das heißt, vor welcher Zeit – er sich überhaupt nicht materialisieren konnte. Je näher er dieser Grenze kam, desto stärker fielen seine Unzulänglichkeiten ins Gewicht.

Endlich konnte er die äußere Wirklichkeit wahrnehmen. Ein Wagen, der in der Nacht vorbeifuhr, erweckte seine Aufmerksamkeit. Er gehörte nicht zu den Leuten, die auf einen Blick das Baujahr nennen können, aber er wußte, daß er auf jeden Fall mindestens in den vierziger Jahren war.

Er hatte vergessen, das Licht einzuschalten. Er zog den Knopf heraus. Das Versehen rief eine leichte Übelkeit in ihm hervor.

Vor ihm war der Himmel vom nächtlichen Glühen der noch nicht schlafenden Stadt gefärbt. Er konnte sich das Kapitol, das Gebäude des Obersten Bundesgerichts, das Lincoln-Monument, das Washington-Monument und das Weiße Haus in ihrer Relation zueinander auf dem geometrisch exakten Netz der Straßen vorstellen. In dieser Beziehung kam es auf das Jahr nicht so sehr an. Er würde sich zurechtfinden können.

Wilsons Haus in Georgetown, dachte er: Ein solcher Mann als Außenminister! Man versucht, ihm einfache Dinge zu erklären – er verliert die Nerven. Keine Selbstbeherrschung. Man läßt nicht locker ...

Das Atmen fiel ihm etwas leichter. Rauchen würde er aber trotzdem besser nicht. Seine Lunge war belastet genug.

Bevor er die nächste Meile zurückgelegt hatte, nahm er eine Zigarette heraus. Er zog zweimal hastig und nervös daran, bevor ihm sein erster Entschluß einfiel. Er warf die Zigarette zum Fenster hinaus. Macht nichts, dachte er, die Belastung. Zwei Züge waren nicht von Belang.

Er hatte vorher nicht bemerkt, daß sein Gesicht fiebrig war. Die Aufregung. Wie fühlte er sich? Da war das Gefühl der Eile und die Angst, daß er versagen könnte. Nicht, daß er versagen würde. Trotzdem, die Angst war da, im Hintergrund. Ärgerlich. Vielleicht wird ein alter Mann mit der Herausforderung doch nicht fertig.

Unsinn. Ich kann nicht versagen, dachte er. Die Bestimmung treibt das alte, träge Blut zum unvermeidbaren Erfolg. Ein Mann, der sein Leben opfert, versagt nicht; so etwas kann einfach nicht sein. Es gibt eine sonderbare Gerechtigkeit, die Märtyrertum mit Erfolg belohnt. Wenn die Sache gut ist.

Er näherte sich einem Rasthaus. Durch ein Fenster konnte er einen Zeitungsstand sehen. Er lenkte das Auto in die Einfahrt und hielt. Er wollte eine Tasse Kaffee oder etwas Stärkeres trinken. Schlecht für das Herz.

Ein alter Mann kann sich eine Zigarette erlauben, dachte er. Er zündete sich eine an. Er zog einmal daran und warf sie weg. Verdammte Schwäche, dachte er; sollte man nicht dulden. Körper beugen, Willen beugen. Konzentriere dich.

Nachdem die Reaktion vorbei war, stieg er aus und betrat das Rasthaus. Er kaufte eine Washingtoner Zeitung. Er faltete sie zusammen und klemmte sie unter den Arm.

Erst als er wieder sicher im Wagen saß, breitete er das Blatt aus und überflog es hastig im Licht einer Taschenlampe.

Er war seiner eigenen Gegenwart näher, als er gedacht hatte.

Es war schon später als der Zeitraum sechs.

Ich werde geprüft, dachte er; man legt mir Hindernisse in

den Weg. Die Prüfung. Eine Anhäufung von Komplikationen. Das blinde Schicksal ist gegen mich. Aber ich lasse kein Selbstmitleid aufkommen.

Er nahm die letzte Garnitur Ausweispapiere heraus. Sie war für den Zeitraum zwischen 1947 und 1950 vorbereitet. Sie mußte genügen. Er las die Karte mit dem Namen und der Anschrift eines Hotels; wahrscheinlich war es noch in Betrieb. Er schob die anderen Karten in seine Brieftasche.

Er ließ den Motor an und fuhr langsam nach Washington. Die Straßen hatten sich verändert, aber sie wirkten nicht fremd. Er fand das Hotel ohne Schwierigkeiten.

In der Hotelhalle stellte er seine Armbanduhr nach der Uhr über dem Empfang. Es war fast Mitternacht.

Der schläfrige Nachtportier brauchte lange, um die Karte auszufüllen. Der Mann irritierte ihn.

Als der Portier Bezahlung im voraus verlangte, fauchte er: »Ich habe Gepäck! Sehen Sie nicht den Hausdiener damit?«

»Ja, Sir. In Ordnung.«

Er überwachte den Transport der vier Gepäckstücke durch den Hausdiener.

»Vorsicht!« mahnte er. »Passen Sie doch auf – stellen Sie sich nicht so ungeschickt an!«

Der Hoteldiener prüfte das Fenster, schaute in den Schrank, öffnete die Tür zur Dusche und knipste das Licht an.

»Tun Sie nicht so herum.«

Der Hoteldiener wartete mit hängenden Armen.

»Kein Trinkgeld. Ich halte nichts vom Trinkgeldgeben.«

Der Hausdiener verschwand. Er sperrte die Tür ab.

Er ging zum Waschbecken und ließ Wasser in ein Glas laufen. Er trug es zum Bett. Er setzte sich. Er trank.

Er legte sich zurück. Er wand sich in Agonie. Gott, o Gott, dachte er: Warum muß ich so leiden? Warum muß alles gegen mich verschworen sein? Sein Herz hämmerte, seine Lunge arbeitete in heftigen Stößen.

Nach fünf Minuten konnte er aufatmen, schwach und schweißüberströmt.

Er setzte sich zitternd auf.

Vorsicht, denk an dein Herz. Es ist kalt. Es könnte stehenbleiben.

Ich darf nicht sterben, dachte er: gequält, von Schmerzen geschüttelt, gewiß – aber sterben, nein. Nicht, bis ich es geschafft habe. Nicht, bis ich bereit bin.

Denk nicht darüber nach, ermahnte er sich.

Er stand auf und ging zum größten seiner Koffer. Er bückte sich. Er löste die Gurte. Er öffnete den Koffer.

Der Koffer hatte sechs Fächer, von denen ihm nur eines noch von Nutzen sein konnte. Er leerte es auf die Kommode. Er schloß den Koffer und schob ihn unter das Bett. Er brauchte ihn nicht mehr. Wie seltsam diese genauen Aufstellungen wohlbekannter historischer Daten wirken werden, wenn sie nach meinem Tod ans Licht kommen, dachte er, sie . . . und die rätselhaften Notizen.

Er nahm die Bogen mit den Anweisungen von der Kommode und trug sie zum Bett. Alte Männer sitzen gern, dachte er; ich muß Energie sparen. Aber bevor er mit dem Lesen beginnen konnte, wurde sein Körper von einem Frösteln geschüttelt. Na los doch, verdammt, dachte er. Zeig, was du kannst!

Als der Schüttelfrost vorbei war, zündete er sich eine Zigarette an. Bei diesem Verbrauch würden die beiden Schachteln bald leer sein. Hätte keine mitbringen sollen, dachte er. Die kleinen Annehmlichkeiten . . . Man nimmt sie deutlicher zur Kenntnis, wenn man älter wird.

Er befaßte sich mit den Instruktionen. Eine Zusammenfassung behandelte die Zeit zwischen 1947 und 1950. Was allgemeine Informationen betraf, konnte er sich auf seine eigene Erinnerung an die Zeit verlassen. Er blätterte um.

In Umrissen wurden fünf verschiedene Methoden geschildert. Nur zwei waren noch anwendbar. Die eine besaß, wie er wußte, einen geschätzten Erfolgsfaktor von 80 Prozent, die andere einen solchen von 50 Prozent. Die Möglichkeit, mit einer von beiden zum Ziel zu kommen, war beträchtlich geringer als bei den vor 1940 zur Wahl stehenden Wegen. Er befaßte sich mit der Alternativ-Methode.

Der Psychologe, dachte er. Konnte er wirklich so viel über die wirren Verflechtungen menschlicher Antriebe wissen? Aber er mußte recht haben.

Ich habe mich im Lauf der Jahre sehr verändert, dachte er. Ich sehe die Dinge viel klarer. Ich könnte kaum mein Ich erkennen, das einmal in Verwirrung und Ungewißheit existierte, und wie könnte ich diesem Ich Vernunft predigen?

Die Psychologen wissen so viel . . . und mehr. Ich persönlich traue ihnen nicht. Vieles verstehen sie nicht, aber . . .

Er verwarf die Alternative.

Der angenommene Entwurf bestand fast nur aus Stichworten. Gerade genug, um sein Gedächtnis aufzufrischen. Am Ende stand eine Hinweisziffer auf den Koffer.

Mein Kontaktmann ist Levos, dachte er. Besser als mancher andere.

»Ray Levos«, las er laut. »Presseklub; Hotel ›Shoreham‹; Allies Club. Privatanschrift unbekannt.«

Ihn muß ich überzeugen, dachte er.

Er fand unter dem Material aus dem Koffer eine Mitgliedskarte des Allies Club. Möchte wissen, wo sie die hergenommen haben, fragte er sich. Er steckte das Metallkästchen ein, das ein Stempelkissen enthielt. Er füllte seine Brieftasche mit Papiergeld. Die Münzen in seiner Tasche waren alle in den zwanziger Jahren geprägt.

Er legte das Jackett ab und zog die Weste aus. Es gab nicht mehr viele, die so spät noch eine Weste trugen. Er zog das Jackett wieder an und richtete die Krawatte.

Er bestellte beim Empfang ein Taxi.

Als er mit einem Glas vor sich im Allies Club saß, schaute er sich im Raum um. Man konnte sich darauf verlassen, daß Winchell im ›Stork‹ sein würde, dachte er, aber Ray war kein Winchell. Vielleicht kommt er gar nicht. Ich muß morgen in seiner Redaktion anrufen.

Das Getränk wurde schal.

Ich habe nicht viel Zeit, dachte er.

Es war zwei Uhr vorbei, als Ray Levos hereinkam. Der Mann aus der Zukunft erkannte den Reporter sofort. Seine Erinnerung hatte andere aber ebenso altern lassen wie ihn selbst; in seiner Phantasie hatte er sich Levos mit schütterem Haar, mit Bauchansatz und erschlaffenden Gesichtsmuskeln vorgestellt. Es war, als habe dieser jüngere Levos vom Jungbrunnen getrunken. Der Mann aus der Zukunft haßte ihn.

Er stand auf und zwängte sich zwischen den Tischen hindurch.

»Ray Levos?«

»Ja?«

»Ich glaube«, sagte der Mann aus der Zukunft mit einer Stimme, die er sonst bei Anfangssemestern gebrauchte, wenn sie zu ihm zum Essen kamen, »ich glaube, wir haben gemeinsame Freunde.«

Ich muß vorsichtig sein, dachte er. Ich darf ihm keine Gelegenheit geben, zu widersprechen, nicht, bis ich ihn davon überzeugen kann, wer ich bin. Das ist der erste Schritt: Man muß jemanden überzeugen.

Levos starrte ihn an.

Sein Anzug saß schlecht und war altmodisch; der Hemdkragen über der unordentlich geknoteten Krawatte war offen und zerknittert. Die Fingernägel wirkten ungepflegt, das Gesicht war unrasiert. Die Augen in dem alten, eingefallenen Gesicht funkelten scharf.

»Setzen Sie sich«, sagte Levos.

Er wittert Material, dachte der alte Mann. Stoff von allgemein menschlichem Interessse für einen Absatz in seiner Kolumne: ›Gestern nacht kam im Allies Club ein gelehrt aussehender alter Herr an meinen Tisch, der —‹ Das war gut.

Der alte Mann lächelte schwach und setzte sich.

»Gemeinsame Freunde?« Das berufliche Interesse reichte nicht aus, um den vagen Ärger zu verdecken.

»Ich kenne Gene Martin recht gut.« Sprich nicht so nervös, dachte er.

»Soviel ich gehört habe, lehrt Gene an der Oregon State University, nicht wahr? Wie geht es ihm denn?«

»Nächstes Jahr wird er ordentlicher Professor.«

»Was Sie nicht sagen.« Er sah sich den Mann genauer an und fragte: »Sie sind nicht sein Vater?«

»Nein, ich bin nicht sein Vater.«

»Sie sehen Gene ein bißchen ähnlich. Möchten Sie eine Zigarette?«

»Danke«, sagte der Mann aus der Zukunft.

Sie zündeten sich Zigaretten an.

»Gene ist ein kluger Bursche«, meinte der Reporter.

»Einer der begabtesten Leute im ganzen Land.« Der Mann aus der Zukunft begann zu husten.

Levos erhob sich halb.

»Ist etwas nicht in Ordnung mit Ihnen?«

»Es – es ist so stickig hier. Das Atmen fällt mir schwer. Bin gleich wieder auf dem Posten.« Wie Hiob bin ich geschlagen, dachte er: Der Grad meines Erfolges steht im direkten Verhältnis zum Maß meines Leidens. Oh, diese verdammten Schmerzen. Es fällt schwer, die Reaktion zu überwinden. Persönlich nehmen. Bringt einen in Konflikt mit ... dem Schicksal? Verleiht einem Würde.

»Ich besorge Ihnen etwas zu trinken.«

»Nein, nein, lassen Sie nur. Es geht mir schon besser.«

»Der Husten hört sich schlimm an.«

»Asthma, glaube ich. Puh! Schon besser.«

Ein entscheidender Augenblick, auch wenn man das dem Raum nicht ansah, dachte er. Den Tischen, den dummen Durchschnittsmenschen, der lastenden Wolke aus bläulichem Rauch. Schaudern. Einmal in meinem Leben bin ich der wichtigste Mensch, der je gelebt hat. Ungeheuerliche Vorstellung.

Er zog das Stempelkissen heraus und öffnete das Kästchen. Er genoß die Langsamkeit seiner Bewegungen. Atemlose Spannung, wie früher in den Filmen.

Das ist nicht entscheidender als der vorangegangene Augenblick oder irgendeiner der folgenden, bis ich Erfolg habe, dachte er. Aber in dem halbdunklen, raucherfüllten Raum hat es den Anschein. Meine Nase juckt. Werde ich ihn überzeugen?

Er drückte die Finger der rechten Hand auf das Kissen und preßte die Abdrücke auf die Rückseite seiner Mitgliedskarte.

Ich bin zu der Meinung gekommen, daß das die richtige Methode ist: geheimnisvoll und vielversprechend.

Er sah sich die Fingerabdrücke kurz an und wischte sich die Fingerkuppen an seinem Taschentuch ab. Er reichte die Karte über den Tisch. Gott, war er müde!

»Was ist das?«

»Sie sind Reporter, Ray —«

Der Teufel soll mich holen, wenn ich ihn Mr. Levos nenne.

»Sie kennen ein paar Kriminalbeamte — jemanden, der vom Bau — entschuldigen Sie, ich meine, der in der Lage ist —«

Laß den anachronistischen Slang, ermahnte er sich; halt dich ans Wörterbuchenglisch, wenigstens heute nacht. Er darf nicht zu argwöhnisch werden.

»— die Identität dieser Fingerabdrücke beim FBI nachzuprüfen?« ergänzte er.

»Das ist eine seltsame Bitte. Sie wissen doch wohl, wer Sie sind, Sir.«

»Der Name steht auf der Karte.«

»Mr. Roberts. Na gut, Mr. Roberts. Was soll das Ganze? Kommen wir zur Sache.«

»Ich versuche Sie davon zu überzeugen, wer ich bin.«

»Sie könnten versuchen, es mir zu sagen.«

»Ich möchte, daß Sie mich im Hotel ›Wilton‹ anrufen, wenn Sie die Abdrücke überprüft haben.« Er stand auf. »Gene war Ihr Zimmergenosse. Ich kenne ihn sehr gut. Er wird sehr zu schätzen wissen, was Sie für mich tun.«

Wie klang das? Wieviel davon war auf ein verborgenes Bedürfnis nach Melodramatik zurückzuführen? Habe ich mir genug Mühe gegeben? Und: bin ich würdig, es zu versuchen? Daran darf ich nicht denken; sie haben mir die ungeheure Verantwortung aufgebürdet: Natürlich bin ich es. Aber hoffe ich im Unterbewußtsein, daß Ray die Abdrücke nicht überprüft? Wie hat sich dieser Gedanke eingeschlichen? Natürlich bin ich würdig.

»Augenblick mal – hören Sie –«

Aber der Mann aus der Zukunft war schon an der Tür. Das ist vorbei, dachte er. Er wird mich anrufen. Ich hoffe, ich habe es richtig gemacht.

Levos ließ sich zurücksinken und starrte die Karte an.

Zwei Tage später lag er in seinem Hotelzimmer auf dem Bett und rauchte eine Zigarette. Er hatte vier Packungen geraucht, seitdem er mit Levos zusammengetroffen war. Er erholte sich von einer Erkältung. Er hatte nur einmal etwas zu essen bestellt, war aber nicht hungrig.

Die Injektion brauchte zu lange, um die Erkältung zu beeinflussen, dachte er. Vielleicht habe ich sie mir nicht vorschriftsmäßig gegeben; vielleicht habe ich in den Jahren, in denen ich von Erkältungen frei war, jede Widerstandskraft verloren. Hoffentlich gibt es nicht noch eine vergessene Krankheit!

Er drückte die Zigarette aus.

Ich lasse ihm noch einen Tag Zeit, mich anzurufen. Wenn er es nicht tut – innerhalb von zwei Packungen Zigaretten; ich rationiere sie, eine pro Stunde, nicht mehr –, versuche ich, jemand anders zu finden. Einen Kongreßabgeordneten. Ein Kongreßabgeordneter tut es auch.

Aber Ray wird anrufen.

Er setzte sich mühsam auf und dachte: Die Erkältung ist vorbei, aber die Anfälle bleiben, halten mit unverminderter Heftigkeit an, ja, sie werden schlimmer.

Er legte sich zurück. Wenn man die mathematischen Grundlagen versteht, sieht man, daß der Zeitperzeptor eine empfindliche Gallerte ist und jede Druckwelle darin meinen Kompatibilitätskoeffizienten stört. Die Wellen rollen vorwärts, prallen gegen mich, und mein Körper empfindet sie als Schüttelfrost und Fieberanfälle.

Er wollte die Faust gegen die Wand schütteln. Es hätte zuviel Energie gekostet. Er blieb ruhig liegen.

Ich sollte eine Zigarette rauchen.

Ich muß essen . . .

Er telefonierte mit dem Etagenservice und bestellte etwas.

Ich habe im Perzeptor schon kleinere Veränderungen verursacht, dachte er. Das ruft die Druckwellen hervor. Ich habe eine Perzeptorzeit außerhalb der Zeit geschaffen: eine Zeit, in der unsere Perzeptorzeit statisch ist. An welchem Punkt verändern meine Eingriffe die Zukunft? Das muß die Stelle direkter Interferenz sein. Gott sei Dank dafür! Ich wäre schon tot, wenn das konsekutiv verliefe. Es ist aber logisch, weil sonst der Punkt direkter Interferenz nie erreicht werden könnte . . .

Wenn wir mehr Zeit für Experimente gehabt hätten, dachte er. Wenn die Katze hätte sprechen können . . . Zwei verflixte Katzen, vier Wochen, bevor die Maschine fertig war. Mehr als ungewöhnlich, das Labor zu betreten und festzustellen, daß aus Rattler Zwillinge geworden waren. Na, zum Teufel mit allen Katzen. Kann sie nicht leiden.

Wenn die ältere der beiden Katzen hätte sprechen können, wären wir vielleicht dahintergekommen, daß eine Druckwelle sie getötet hat. Die Beschleunigung mußte die Druckwelle hervorgerufen haben. Schmerzhafter Tod: Kreischen und Heulen und Kratzen . . . Immerhin, mit dem Beweis für den Erfolg wurden wir vor dem Termin fertig.

Meine Kompatibilität ist eine gewisse Garantie für zeitliche Toleranz. Ein unbedeutender Zwischenfall in der Gesellschaft der Höhlenmenschen könnte zu einer Welt führen, die von Hitler nie etwas gehört hat. Ich darf mich nicht von einer unbewußten Handlung vernichten lassen. Ich könnte ein Taxi nehmen, das sonst einem Mädchen gestattet hätte, einen Zug zu erreichen, ihren künftigen Mann kennenzulernen, ein Kind zu bekommen, aus dem . . . Es ist schwer, wenn man es weiß, dachte er.

Als ich Rattler in die Maschine hob, dachte ich: Du wirst sie umbringen. Aber ich konnte nicht zurück. Ich war nicht fähig dazu. Vielleicht ist der freie Wille auch nur eine Illusion.

Die Vergangenheit schafft die Zukunft, gießt sie in eine harte Form. Das steht fest. Der Vergangenheit entkommt man nicht.

Aber ohne die zweite Rattler hätten wir nicht erfahren, was die Vergangenheit forderte. Und wenn wir das nicht gewußt hätten, wäre uns nicht klargeworden, daß wir lediglich taten, was getan werden mußte – ach, verdammt! Das ist –

»Sie ist fertig«, sagte ich. – »Probieren wir sie aus.« Ich stellte den Regler auf Mindestleistung. »Womit?« – »Mit der Katze.« – »Meinetwegen«, sagte ich. – Mein Gott! Hör auf, darüber nachzudenken.

Das Steak wird mir schmecken. Es wird nahrhaft sein. Wenn sich die Leute nur beeilen würden.

... Danach waren wir erschüttert. Wir stellten auf Höchstleistung und schickten einen Aschenbecher zurück. Durch die Höchstleistung gab es in einem halben Dutzend Schaltkreise Kurzschluß. Ich weiß immer noch nicht, wie weit zurück. Nach unserer Erfahrung mit Rattler schätze ich bis 1929. Aber die Kompatibilitätsgrenze kann auch später gewesen sein. Danny (ich habe ihm nie getraut) und ich stellten die Berechnungen an, während die Techniker das Gerät reparierten. Das war natürlich erst der Anfang, und es standen noch viele Schwierigkeiten bevor.

»Die Katze«, sagte Danny. Nein, wollte ich sagen. Aber wir haben die Katze genommen.

Hör auf! Hör auf zu denken!

Sein Körper war in Schweiß gebadet, als er das Klopfen und die Stimme hörte: »Zimmerservice.«

»Ach, kommen Sie 'rein, kommen Sie 'rein«, sagte er verzweifelt.

Stunden später rief Levos an.

»Ich bin unten. Kann ich 'raufkommen?«

»Ja. Bitte.« Er war von der Erleichterung in seiner Stimme überrascht. Beschämend. Wenn Levos nicht gekommen wäre, hätte ich mir einen anderen Weg überlegt, dachte er.

Und dann dachte er, hoffentlich ist es für die Zukunft nicht wichtig, daß er anderswo wäre.

Diese kleinen Veränderungen der Zukunft suchen mich heim, dachte er: Ich bin zum Leiden verurteilt.

Ich werde mich gegen sie stellen; ich beuge mich nicht. Sie adeln mich.

Ich genieße sie nicht, dachte er; die wilde Befriedigung ist keine Freude.

Levos klopfte.

»Herein.« Levos trat ins Zimmer.

»Setz dich, Ray.« Ich wußte, daß er kommen würde, dachte der alte Mann.

Levos setzte sich.

»Das war ein cleverer Trick, Mister. Wie haben Sie das gemacht?«

»Ich bin Gene Martin.«

»Das kann ich Ihnen nicht abnehmen. Gene ist ein Jahr jünger als ich.«

»Schau mich an.«

»Ich würde noch glauben wollen, daß Sie ein Verwandter von ihm sind.«

»Nein, ich bin Gene. Ich bin, was er in der Zukunft sein wird. In vielen Jahren.«

»Was soll das Ganze?« fragte Levos.

Ich muß dich überzeugen! dachte Gene. Wenn ich es nicht kann: tiefer, schwarzer Abgrund, hinab, hinab, kleiner Junge, entsetzt, laufend, riesige, hungrige Vögel am Himmel, Gestalten in Weiß, erschreckend; alles; keinen Boden unter den Füßen! Der Friedhof – was ist auf dem Friedhof? Ich muß dich überzeugen!

»Stell mir Fragen über Gene.«

»Ich habe nachgeforscht. Gene ist noch an der Oregon State University.«

»Stell mir Fragen!«

»Also gut. Was für eine Farbe hatte Marys Kleid beim Collegeschlußball?«

Gene zerrte an seinen Fingern.

»Ich begreife nicht, wie du erwarten kannst, daß ich mich daran erinnere, Ray.« Wieviel habe ich vergessen? Er schluchzte in sich hinein, betete, daß die Erinnerung zurückkehren möge, und fürchtete sich davor, daß sie sich weigern könnte.

»Es war blau. Was für ein Bild hing über Genes Bett? Ist das eine faire Frage?«

Erleichterung.

»Das Indianerbild. ›Der letzte Krieger‹ oder so ähnlich. Du hast es ›Rückkehr von einer Konferenz mit dem Großen Weißen Vater‹ genannt.«

Levos zündete sich betont langsam eine Zigarette an und inhalierte tief.

»Wissen Sie, was ich an dem Tag getan habe, als Ed Doktor Ewing die Prüfungsfragen in Geschichte geklaut hat?«

»War das nicht damals, als du eine Liste der falschen Antworten verteilt und die Prüfung geschwänzt hast?«

Levos bewegte sich unruhig.

»Sie sollten ein Fenster aufmachen. Es ist stickig hier.« Er legte die Zigarette auf den Aschenbecher. »Ich glaube, es gibt eine Frage, auf die nur Gene und ich die Antwort wissen.«

Gene dachte verzweifelt nach, und auf einmal war es blitzartig und kristallklar da. Natürlich, sie mußte es sein!

»Du meinst, wer Nelly – mh – Nelly Striebor Dawes war?«

»Mich soll der Teufel holen«, sagte Levos. Er stand auf und ging zum Fenster. Er öffnete es und schaute auf die Stadt hinaus. Weit drüben flammten rings um das Washington Monument die Lichter auf. Die Sonne hatte Dämmerlicht am Himmel zurückgelassen. »Mich soll der Teufel holen.« Wie würde die Welt 1960, 1970 . . . und in der späteren Zeit aussehen, aus welcher der alte Mann zurückgekommen war? Er drehte sich um. »Eine gute Nummer. So gut, daß ich halb glauben kann, daß du Gene bist.«

Natürlich, dachte Gene. Ich wußte, daß ich ihn überzeugen kann. Ich habe mir keine Sorgen gemacht.

»Es waren Genes Fingerabdrücke, meine Abdrücke, die ich dir gegeben habe.«

»Und die Zukunft?«

»Schau mich an. Ich bin ein alter Mann. Der Gene an der Oregon State University ist jünger als du. Ruf dort an. Sprich mit der Physikabteilung. Man wird dir sagen, daß Gene heute seine Vorlesungen gehalten hat. Vielleicht kannst du mit ihm sprechen? Wie kann ich gleichzeitig hier und dort sein?« Gene deutete auf das Telefon.

»Ich weiß, daß er dort ist«, sagte Levos.

»Du reist durch die Zeit, Ray, jede Sekunde. Das ist eine Straße mit Gegenverkehr. Ich kann dir die mathematischen Grundlagen nicht erklären. Wenn du dich für die Infinitesimalrechnung interessiert hättest, wärst du kaum Reporter geworden. Ich will versuchen, ob ich es in Worte kleiden kann. Stell dir die Zeit nicht als Einheit vor. Denk sie dir teilbar. Es gibt ein menschliches Zeitkontinuum – eine Perzeptorzeit – das die menschliche Geschichte beherrscht, und zwar wegen der Art, wie wir die Zeit sehen, nicht wegen des grundsätzlichen Charakters der Zeit selbst. Die Perzeptorzeit ist nicht dieselbe Zeit, die, sagen wir, die Halbwertszeit radioaktiver Atome bestimmt; sie hängt von einer variablen Zahl von Ereignissen ab, die durch den Menschen bestimmt werden. Ob ein Mensch eine Stunde oder einen Tag braucht, um hundert Meilen zurückzulegen, hat keinen Einfluß auf das interstellare Raum-Zeit-Kontinuum, aber es beeinflußt sehr stark den historischen Perzeptor. Genauso, wie ich den zeitlichen Aspekt des historischen Perzeptors beeinflusse und von ihm beeinflußt werde, ohne daß sich dies auf das radiologische Zeitkontinuum auswirkt. Der Zeitfaktor jedes Kontinuums hängt von der Art der Messung ab. Wir sind in den achtziger Jahren weit über Einstein hinausgekommen.«

Levos schaute sich im Zimmer um.

»Ich brauche was zu trinken«, sagte er. »Na schön. Für mich sind das spanische Dörfer. Aber ich werde dich Gene nennen. Ich höre mir an, was du zu sagen hast.«

»Ich bestelle am besten eine Flasche für uns. Bourbon?«

»Einverstanden«, sagte Levos.

Während sie auf den Whisky warteten, dachte Gene: Ich muß versuchen, seinen Argumenten zuvorzukommen. Ich muß versuchen, seine Gedanken zu erraten und seine Einwände im voraus zu widerlegen.

Levos wollte über die Zukunft sprechen, aber Gene scheute davor zurück, sie ihm zu beschreiben: der Krieg in Asien, der bevorstand, die Ermordung eines jungen Präsidenten, der Aufstieg von LBJ und die noch dramatischeren Ereignisse der späteren Dekade. Er wich den Fragen aus, denn wenn ein Reporter die Zukunft kannte, mochte er sie auf unerwartete Weise verändern.

Als jeder sein Glas in der Hand hielt, sagte Gene: »Du mußt mir helfen, den Präsidenten zu sprechen.«

»Den Präsidenten? Wie soll ich denn das machen?«

Er lügt, dachte Gene. Ich lasse mich nicht abweisen. Er könnte es schaffen, wenn er wollte. Er hat Beziehungen.

»Verdammt noch mal, du mußt!«

Levos stellte das Glas auf den Boden.

»Ich habe gesagt, ich höre zu. Das heißt nicht, daß du mich herumkommandieren kannst. Da mache ich nicht mit, Gene, das weißt du ganz genau.«

Gene blinzelte ein paarmal.

»Na, na, reg dich ab«, sagte er. Du machst das falsch, dachte er. Bei manchen Leuten erreicht man mit Schärfe überhaupt nichts. »Es tut mir leid, Ray. So habe ich es nicht gemeint. Ich bin ein müder, alter Mann. Todmüde. Erzähl mir bitte nicht, daß es unmöglich ist, den Präsidenten zu sprechen. Es muß sein.«

»Eisenhower ist in Palm Springs und macht Urlaub. Sogar Nixon ist verreist.«

Er mag mich nicht, dachte Gene. Er hat mich im Grunde

nie leiden können. Ich sollte ihm verraten, daß Nixon eines Tages Präsident sein wird. Das geschähe ihm ganz recht.

»Die Leute mögen mich nicht«, sagte er pathetisch. »Ich weiß, daß ich ein schwieriger Mensch bin. Ich gebe es zu. Tut mir leid, daß ich dich geärgert habe. Das wollte ich nicht. Ich bin ein alter Mann. Ich dachte, du hilfst mir; ich brauche die Hilfe so dringend.« Er hob die Hände. Ich muß mich selbst ans Kreuz schlagen, dachte er. »Schau sie dir an: Sie sind nicht mehr kräftig. Ich habe die Aufgabe eines jungen Mannes übernommen, übernehmen müssen – das ist das Problem in der ganzen Welt: Sie schicken immer die alten Männer, wenn es um das Wichtigste geht. Staatsmänner, Generale. Die Jungen heben sie sich fürs Sterben auf. Nur in dieser Beziehung bin ich anders. Sie haben einen alten Mann zum Sterben geschickt. Ich bin von jungen Händen abhängig. Ich bin hilflos. Ich bin ein hilfloser, alter Mann.«

»Erzähl mir lieber, weshalb du ihn sprechen mußt.«

Schon besser, dachte Gene. Ich bin nur ein armer, alter Mann, und ich tue ihm leid. Es ist wahr. Ich bin alt und hilflos. Und er wird mir helfen. *Er muß.*

»Ich muß die Zukunft ändern«, sagte er.

Levos rutschte tiefer in seinen Sessel und blickte ihn aus halbgeschlossenen Augen an.

»Ich habe gesagt, daß ich dich anhöre.«

»Die Menschheit geht zugrunde, wenn ich es nicht schaffe.« Gene räusperte sich. *Er muß mir glauben!* »Die gesamte Menschheit. Auf der ganzen Welt.« Er geriet in Erregung. »Heute, in diesem Augenblick, gibt es einen entsetzlichen Brennpunkt dieser Vernichtung. Er muß beseitigt, ausgelöscht, zerstört werden! Wir müssen fähig sein, in der Zukunft einen Krieg zu Ende zu führen, ohne das ganze Leben zu zerstören!«

Levos' Stimme klang gepreßt.

»Du möchtest – verstehe ich dich richtig? –, du möchtest den Präsidenten sprechen und ihn dazu überreden, daß er die Russen mit Atombomben angreift? Das ist einfach Unsinn, das macht er nie.« Er griff nach seinem Glas.

Gene fuhr mit der Zunge über die Lippen. Seine Hände zitterten vor Erregung.

»Rußland? Nicht Rußland, Australien. Südaustralien. Du hast ja noch keine Ahnung von modernen Waffen – oder, daß wir einen Menschen auf den Mond geschickt haben, oder von – Australien. Du stellst dir das falsch vor, viel zu chauvinistisch. Du glaubst jetzt, daß Australien auf unserer Seite steht. Woher weißt du, wer der Gegner sein wird – woher weißt du, wer auch nur in ein paar Jahren auf wessen Seite stehen wird? Du hast keine Ahnung von den Umwälzungen, die durch die Ereignisse in China verursacht werden. Denk nur einmal an die letzten Jahre. Mich interessiert aber nicht, auf welcher Seite wer steht. Unsere Seite, die andere Seite, darauf kommt es nicht an. Ich muß wenigstens einen Teil der Menschheit retten!«

»Was du erzählst, paßt aber nicht so recht zusammen. Wenn ein Atomkrieg der Kontrolle entgleiten und die Welt zerstören würde, hättest du keine Zeit, mit einer Zeitmaschine zu entkommen, geschweige denn, dich auf diese Reise vorzubereiten, wie du es offenkundig getan hast.«

»Du gehst von deinen Maßstäben aus, Ray. Du kannst nicht in meinen denken. Es hat nichts mit Atombomben zu tun. Es handelt sich um ein Wachstumshormon, das jedes pflanzliche Leben unmöglich macht, das die Fähigkeit hat, das Chlorophyll zu neutralisieren. Es wird von Bakterien übertragen, die sich rasch vermehren und von der Luft befördert werden – biologische Kriegsführung, von der du keine Vorstellung hast. Sie sind überall hingekommen. Wenn du sehen könntest, was aus unseren Getreidefeldern geworden ist, aus den Wäldern, den Wiesen und Gärten – Müßtest du jetzt eigentlich irgendwo sein?«

»Was hat denn das damit zu tun? Ich habe eine Verabredung abgesagt –«

Gene zuckte zusammen, als eine Druckwelle über ihn hinwegrollte. Er sackte auf das Bett und krallte die Hände in die Seite.

»Laß mich bitte einen Augenblick in Ruhe. Ich fürchte, deine Verabredung – o verflucht –«

Levos stand auf; er war plötzlich verlegen.

»Was soll das – spielst du wieder den erschöpften Alten? Bist du wirklich krank?«

Gene atmete schwer.

»O – nein, nein, nein –«

»Wie zum Teufel soll ich in dein Gehirn schauen? Kann ich dir etwas besorgen?«

Gene schüttelte den Kopf.

»Ich habe noch – Schmerzen in der Seite. Aber es geht schon, glaube ich.« Sein Gesicht war feucht und aschfahl. »Kannst du mir etwas zu trinken holen? Wasser scheint mir gutzutun.«

»Na klar.« Levos ging zum Waschbecken.

Gene zitterte. Er hat Angst, daß ich sterbe. Dann wird er nie wissen, was er glauben soll. Aber ich sterbe nicht. Noch nicht.

Levos ließ ein Glas mit Wasser vollaufen und brachte es zum Bett.

»Danke«, sagte Gene. Er trank. Das Wasser rann an seinem Kinn hinab. Er keuchte. »Wir hatten über einen Monat Zeit, uns vorzubereiten«, sagte er nach einer Pause. »Wir waren mit der Maschine eben fertiggeworden – Rüstungsvertrag. Wir –«

Levos war zu seinem Stuhl zurückgekehrt.

»Weshalb hat die Regierung dich ausgesucht?«

»So war es nicht. Es gab ein gewaltiges Durcheinander. Der – na ja, die ... Unsere Experimentalgruppe handelte aus eigenem Entschluß. Wir hatten nicht sehr viel Zeit, nur diesen einen Monat. Ich bin einstimmig gewählt worden. Sie meinten, ich hätte die besten Kontaktmöglichkeiten für diese Aufgabe. Die anderen waren jünger, ein paar von ihnen sind jetzt noch nicht einmal auf der Welt.«

»Und wie lautet der Auftrag genau?«

»Das hört sich schon anders an. Das ist besser. Jetzt können wir vernünftig miteinander reden. Ich verlange ja nur, daß du sachlich bleibst und zuhörst. Ich glaube nicht, daß wir Australien bombardieren müssen. Es braucht vielleicht überhaupt kein Blutvergießen zu geben oder nicht viel. Vielleicht müßte der Präsident Truppen hinschicken, mit ihrem Einverständnis, versteht sich, sie würden mitmachen. Auf jeden Fall müßte er total zerstören – Diese Sache ist über einen sehr langen Zeitraum hinweg gewachsen, die Faktoren, die uns nun einholen. Es ist nicht einfach. Ich weiß nämlich nicht, wieweit das alles inzwischen fortgeschritten ist. Er würde das beurteilen können, nachdem ich ihm klargemacht habe, wo er nachforschen muß. Er könnte ermessen, wieviel getan werden muß. Für eine schmerzlose Lösung könnten die Dinge schon zu weit fortgeschritten sein.«

»Nimm einmal an, du hast mich überzeugt. Ich gebe zu, daß das Ganze jetzt schon besser klingt. Vor allem, wenn du Gene Martin bist. Anders kann man das nicht erklären. Aber wie kommst du darauf, daß du den Präsidenten überzeugen könntest? Da sitzt Eisenhower, und du kommst mit deiner Geschichte daher. Er hat keine Phantasie, und er ist vorsichtig, verdammt vorsichtig. Ich bin ein Sonderfall. Ich kenne Gene. Ich bezweifle, ob du irgend jemanden überzeugen könntest, der dich nicht kennt, geschweige denn –«

»Ich wollte eigentlich zu Truman, um ganz ehrlich zu sein«, sagte Gene. »Ich bin viel später dran, als ich vorhatte, Ray. Ich habe dich überzeugt. Ich bin darauf vorbereitet, die Menschen zu überzeugen. Ich kann ihn überzeugen, ich weiß es, wenn du nur erreichst, daß ich zu ihm geschleust werde.«

So, dachte Gene, ich habe es gut dargestellt!

»Lieber Himmel, Mann! Überleg dir doch, was du auf Treu und Glauben vom Präsidenten verlangst!«

»Ich habe Dokumente, Fotografien –«

»Die könnten gefälscht sein.«

»Ich spreche mit den Wissenschaftlern. Mein Wissen läßt sich nicht erschwindeln, Ray.«

Levos schüttelte den Kopf.

»Ich habe dich überzeugt«, sagte der alte Mann. Er atmete

auf. Na also. Bitte. Wer sagt's denn! Du wirst mir helfen, den Präsidenten zu sprechen. Das ist alles, was ich von dir will.

»Ich setze Himmel und Hölle in Bewegung, um die Begegnung zu ermöglichen«, sagte Levos.

Überwältigende Zuversicht flutete in Gene hoch. Ahhh, ahhh, na bitte, dachte er.

»Es wird mindestens einen Monat dauern. Es gibt keine Möglichkeit, so etwas schneller zu bewerkstelligen. Da wird er wieder in Washington sein.«

»Nein!«

»Tut mir leid, Gene. So etwas braucht seine Zeit. Ich bin ziemlich lange dabei, ich kenne mich aus. Es ist unmöglich, irgend etwas zu erreichen, bevor er aus dem Urlaub zurückkommt. Ich kann nicht hingehen und die Geschichte erzählen, die du mir anvertraut hast. Man würde mich auslachen. Ich muß dich ein paar Leuten vorstellen, du mußt vom Sicherheitsdienst durchleuchtet werden. Es ist ein Verfahren, das sich sehr lange hinzieht, immer vorausgesetzt, daß ich es wirklich schaffe, und du mußt auf dem ganzen Weg immer wieder neue Leute überzeugen. Was mich vielleicht mehr als alles andere überzeugt hat, ist etwas, worüber du dir gar nicht im klaren bist: deine Ausdrucksweise. Du hast ein paarmal Dinge gesagt, die mir sehr merkwürdig vorgekommen sind. Du mußt aber jeden Menschen auf seine eigene Art überzeugen, und das wird nicht immer so einfach sein.«

Nein! schrie Gene stumm.

»Nächsten Monat? Ich – so lange kann ich keinesfalls mehr leben. Ich weiß das, ich habe die Anzeichen bemerkt. Mein Herz, die Anfälle, die Druckwellen durch die Veränderungen in der Matrix, ich habe – keine Woche mehr, Ray. Das ist schon das Äußerste.« Sein Gesicht verzerrte sich in Qual, und er warf den Kopf auf dem Kissen hin und her.

»Weshalb hat man dann einen Mann in deiner körperlichen Verfassung geschickt?«

»Das ist nicht nur bei mir so. Jeder würde zermalmt werden, bei mir kommt nur das schwache Herz hinzu. Ich bin nicht der erste Diplomat mit einem Herzleiden. Davon wußte man nichts. Es herrschte ziemlich große – Verwirrung ... Es gibt hier Komplikationen – Belastungen, Erregungsmomente. Ich lebe sowieso nur noch von der Willenskraft, Ray, rein von der Willenskraft. Aber das Programm, das du für mich vorgesehen hast, kann ich nicht durchstehen, und einen ganzen Monat überlebe ich nicht.«

»Muß es denn unbedingt der Präsident sein? Gibt es keine andere Persönlichkeit, mit der du sprechen könntest? Gibt es keinen anderen Weg für dich?«

»Ich muß es jetzt eben auf andere Weise versuchen«, sagte Gene. Er fühlte sich plötzlich älter und erschöpfter als je zuvor. Sein ganzer Körper schmerzte. »Es könnte ebensogut klappen, wer weiß das schon?« Welcher scheinbar unbedeutende Eingriff könnte ebensogut wirken? Wir wissen es nicht. Wir haben die Methode ausgewählt, mit der ein Mann in der begrenzten Zeit am meisten erreichen kann, aber es gibt so viele Unwägbarkeiten – so ungeheuer viele. Er spürte, wie die Energie aus seinem Körper rann. »Wenn beispielsweise Hegel seine Werke nie geschrieben hätte«, dozierte er, »wie hätte sich das auf Karl Marx ausgewirkt? Auf die Oktoberrevolution?« Hör auf! dachte er. Deine Gedanken schweifen ab. Ich bin nicht besiegt! Ich bin nicht besiegt! Ich werde tun, was getan werden muß! Er zündete sich eine Zigarette an. »Ich – ich muß jetzt den anderen Weg einschlagen. Das ist alles, wofür noch Zeit bleibt.«

»Verrate mir etwas«, sagte Levos. »Angenommen, du hast Erfolg. Wie wird die neue Zukunft dann aussehen?«

»Das weiß ich nicht.«

»Woher weißt du, daß die Menschheit sich nicht eine andere Methode ausdenkt, um vielleicht noch früher Selbstmord zu begehen?«

»Das weiß ich auch nicht –«

»Na schön, Gene«, sagte Levos, »ich habe mir deine Geschichte angehört. Ich bin Reporter, Zuhören ist mein Beruf. Ich habe mich sogar bereit erklärt, dir zu einem Gespräch mit dem Präsidenten zu verhelfen.«

»Ich bin längst tot, bis du das zustande bringst.«

»Das ist doch gar nicht gewiß. Niemand weiß, wann er sterben wird. Ich helfe dir, mit allen Leuten zu sprechen, die für dich von Bedeutung sein können –«

»Ich weiß es aber genau«, sagte Gene müde.

»Wir werden sehen«, meinte der Journalist. Er goß Whisky in sein Glas und füllte es mit Leitungswasser auf. Er blieb vor dem Bett stehen, das Glas in der Hand, und sah auf die zusammengekrümmte Gestalt des Mannes aus der Zukunft hinunter. »Jetzt laß mich mal eine Weile reden. Unterstellen wir, daß du Gene bist. Sagen wir, ich hätte mich überzeugen lassen, was ich auch wirklich glaube. Ich erinnere mich an Gene sehr gut. Er war keine sympathische Person. Ich habe unbegreifliche Jähzornsausbrüche bei ihm erlebt. Aber lassen wir meine persönlichen Reaktionen einmal beiseite. Gene war unsicher, frustriert und von der Gesellschaft eingeschüchtert. Er wurde völlig ichbezogen, alles war für ihn da, er schien sich stets in der Hauptrolle zu sehen. Er war enorm begabt, gewiß, aber er war auch bösartig und rachsüchtig ... Er lebte im Labor statt in der Welt. Er zog die Dinge vor, die er messen konnte, bei ihm mußte alles ohne Rest aufgehen. Er wünschte, daß jedes Problem eine Lösung fand, für ihn war es nötig, alles schwarz oder weiß zu sehen. Zwischentöne gab es für ihn nicht. Er begriff nie, daß die menschliche Gesellschaft mit einem Laboratorium keine Ähnlichkeit hat. Er war nicht zur Stelle, als das soziale Bewußtsein ausgeteilt wurde. Verstehst du, worauf ich hinauswill? Nein, laß mich ausreden. Er könnte ein seelisch verkrüppelter und gefährlicher Mann werden ... Woher will man wissen, wie sehr ihn die Zeit verändert hat? Sind seine Frustrationen beseitigt oder verstärkt worden? Ist er ein besserer oder ein schlechterer Mensch geworden? Wie sollte man beurteilen können, welche Motive ihn bewegen?«

Genes Lippen preßten sich zusammen. Er gab sich Mühe, seinen Zorn zu unterdrücken.

»Ich opfere mein Leben!« rief er. Er sprang auf und gestikulierte wild. »Mein Leben. Es ist nicht viel. Ich gebe alles, was ich habe, alles, was ein alter Mann zu geben hat.«

»Die Geschichte wimmelt von Fanatikern«, sagte Levos.

»Geh zum Teufel, geh doch zum Teufel!« sagte Gene und schüttelte die Faust. »Ich habe mir genug angehört von dir! Ich bin dreimal so alt wie du! Du bist ein Narr! Ich lasse mir deine Frechheiten nicht bieten! Du hast mich mit Fragen belästigt, die beweisen sollen, daß ich ein Lügner bin! Du hast –« Er fiel zurück auf das Bett, zuckend und keuchend, krallte die Hände in seine Brust. Sein Gesicht lief dunkelrot an. »Wasser!« flehte er. »Es wird immer schlimmer, o Gott, o Gott! Ich darf nicht sterben! Ich will nicht – ich will nicht!«

Levos' Hände zitterten, als er das Glas vollaufen ließ. Die schrille, fordernde Hysterie der Stimme war erschreckend.

»Nein! Nein! Nein!« schrie Gene. Er versuchte sich aufzusetzen.

Levos hastete zum Bett.

»Hier. Da. Trink das.«

Der alte Mann beachtete ihn nicht. Er sank zurück. Seine Hände zerrten nervös an der Decke.

»Nein, nein, nein!« schrie er. Seine Atemzüge wurden ruhiger. Er sank zusammen und begann zu weinen.

Levos sagte langsam: »Wenn ich nur wüßte, was ich glauben soll. Bist du ein Retter oder ein Demagoge?«

Gene setzte sich mühsam auf.

»Ich sage die Wahrheit. Wie kann man den Charakter eines Mannes eindeutig erkennen, den die Umstände und das Schicksal dazu bestimmt haben, zu versuchen, den Rest der Menschheit zu retten? Kannst du es dir leisten, *nicht zu glauben?*«

»Ich bin nur Reporter.«

Gene griff müde nach dem Glas. Er trank durstig.

»Schmeckt gut.« Er stellte das Glas weg und schüttelte die Faust, das Gesicht zur Wand gedreht. »Ihr haltet mich nicht auf, verdammt! Mißhandelt mich! Verfolgt mich! Aber aufhalten werdet ihr mich nicht!« Er wandte sich Levos zu.

»Schicksal«, wimmerte er. Er zog ungeschickt eine Zigarette aus der Packung. Die letzte glomm noch im Aschenbecher. »Ich halte nicht mehr lange durch. Du mußt mich begleiten. In ein paar Stunden bin ich ein halber Krüppel.«

»Es steht mir nicht zu, zu entscheiden, ob du ein Menschenfreund von höchster Vollendung oder ein wahnsinniger Fanatiker bist. Ich bin nicht qualifiziert, darüber zu urteilen. Wen möchtest du sprechen?«

»Gene.« Er spürte Schmerzen in der Seite. Er muß mitgehen. Allein überlebe ich es nicht. Ich bin ein armer, hilfloser alter Mann. Noch eine Druckwelle, und mein Herz hört vielleicht . . .

»Aber das bist du doch selbst! Wozu, um alles in der Welt, willst du zu dir selbst?«

»Er – ich – Gene. Wir kannten einen Mann namens Wilson. Er hat Gene verehrt – als er studierte. Wir haben noch nicht von ihm gehört; das kommt noch. Wilson trifft die schicksalhafte Entscheidung, das Hormon freizusetzen. Es bieten sich ihm zwei Möglichkeiten. Er wählt die falsche. Der Psychologe in unserer Gruppe meinte, er hätte sich vielleicht anders entschieden, wenn er in seiner Jugend einen schweren Gefühlsschock erlitten hätte. Bei der Wahl geht es um Leben und Tod. Er ist jetzt noch jung; er kennt Gene – zwischen den beiden besteht eine tiefe persönliche Beziehung. Wenn sie tief genug ist, kann Gene den Schock auslösen. Wir überlegten uns zuerst, ob wir Wilson beseitigen sollten, aber das nützt vielleicht nichts, weil wir nicht wissen können, welche Art von Persönlichkeit die Geschichte dann wählen würde, um seine Rolle zu erfüllen . . . Wenn der Schock stark genug ist, besteht nach Meinung des Psychologen gute Aussicht, daß Wilson die richtige Entscheidung getroffen hätte. Meine Brust schmerzt. Ich hoffe, ich lebe noch lange genug. Ich muß einfach –«

»Aber was soll Gene denn nun tun?«

»Sich umbringen«, sagte der alte Mann. »Er muß sich vor Wilsons Augen erschießen. Ich habe seinen Abschiedsbrief im Koffer.«

Levos war tief getroffen. Er stand erstarrt vor dem Bett.

»Mein Gott! Das ist – das wäre – Du würdest einfach zerstören –«

»Das ist alles, was noch übrigbleibt. Ich muß mich selbst zum Selbstmord überreden, um das Leben auf dem Planeten zu retten.« Er schauderte, als er an die Druckwelle dachte, die seinen jetzigen Körper überfluten würde; er erinnerte sich an die zweite Katze.

Levos' Gesicht war leichenblaß. Seine Hände zitterten. Er verengte die Augen.

»Begreifst du denn nicht, was du getan hast?«

»Was? Was denn?« sagte Gene. In seiner Magengrube bildete sich ein Eisklumpen.

»Ich habe dir angeboten, ein Gespräch mit dem Präsidenten zu vermitteln –«

»Dafür bleibt keine Zeit!«

»– weil nicht mir die endgültige Entscheidung vorbehalten gewesen wäre. Ich könnte dir helfen, jede beliebige verantwortliche Persönlichkeit zu sprechen, ohne mich festzulegen. Aber jetzt ... Wenn ich zulasse, daß du dieses Zimmer lebendig verläßt, dann verantworte *ich* die Entscheidung. Bist du der Agent für einen zukünftigen faschistischen Halunken oder für eine verdrehte, böse Sache? Ich muß die Wahrheit wissen! Ich bin der einzige Mensch auf der Welt, der Gene Martin aufhalten kann!«

Mein Gott, o mein Gott, dachte der alte Mann. Seine Lippen waren blutleer.

»Was wirst du tun?« fragte er schwach.

»Wir sind irgendwo südlich davon«, sagte Ri und beugte sich über die primitive Karte. »Die Bergkette links von uns«, er deutete darauf, »befindet sich hier.« Er fuhr mit dem Finger über die Karte. »Dort drüben«, sagte er, »hinter den Bergen, nördlich von hier, haben wir sie gesehen.«

»Gibt es einen Paß?« fragte Extrone.

Ri hob den Kopf und betrachtete das Gelände. Er zuckte die Achseln.

»Ich weiß es nicht, aber vielleicht kommen sie so weit. Vielleicht sind sie auch auf dieser Seite zu finden.«

Extrone hob die Hand an den Bart.

»Ich möchte nicht gern einen Tag mit der Überquerung der Berge verlieren«, meinte er.

»Ja, Sir«, sagte Ri. »Hören Sie!«

»Wie?« sagte Extrone.

»Hören Sie das? Dieses Husten? Ich glaube, das ist eines, dort drüben. Unmittelbar vor uns.«

Diesmal kam das hustende Brüllen aus größerer Entfernung, aber es klang immer noch deutlich.

»Es ist eines!« sagte Ri. »Es ist wirklich ein Farntier!«

Extrones fast spitze Zähne schimmerten durch den Bart.

»Ich bin froh, daß wir nicht über die Berge müssen.«

Ri wischte sich mit dem Ärmel die Stirn.

»Ja, Sir.«

»Wir schlagen gleich hier das Lager auf«, erklärte Extrone. »Wir machen uns morgen auf die Suche danach.« Er schaute zum Himmel hinauf. »Die Träger sollen sich beeilen.«

»Ja, Sir.«

Ri entfernte sich.

»Ihr da!« rief er. »Das Lager aufschlagen, hört ihr!«

Er ging zu Mia, der zusammen mit ihm gezwungen worden war, Extrone als Führer zu dienen. Wieder wandte Ri sich an die Träger.

»Beeilt euch!« Zu Mia sagte er: »Allmächtiger, er ist schon ganz wütend geworden.« Er fuhr mit dem Finger am Kragen entlang. »Nur gut, daß das Farntier sich in diesem Augenblick gemeldet hat. Ich mag gar nicht daran denken, was es gekostet hätte, ihn über die Bergkette zu schleppen.«

Mia schaute über die Schulter.

»Schuld ist dieser verdammte Pilot, der uns auf dieser Seite abgesetzt hat. Ich habe ihm noch gesagt, daß nur die andere Seite in Frage kommt, ich habe es ihm gesagt.«

Ri zuckte die Achseln.

Mia sagte: »Ich glaube auch nicht, daß er hier eine Landefläche gesehen hat. Ich glaube, er wollte uns in Schwierigkeiten bringen.«

»Es dürfte keine geben. Auf dieser Seite der Bergkette dürfte es keinen Landeplatz geben.«

»Das meine ich ja. Der Pilot mag Geschäftsleute nicht. Er hatte etwas gegen uns.«

Ri räusperte sich. »Vielleicht hast du recht.«

»Es ist der Jagdklub, den er nicht leiden kann.«

»Mir wäre es am liebsten, wenn ich nie von einem Farntier gehört hätte«, meinte Ri. »Dann wäre ich wenigstens nicht einer von seinen Führern.«

Mia spuckte aus.

»Das Schlimmste dabei ist, daß er uns dafür bezahlt. Ich könnte den halben Planeten hier kaufen, und er macht mich zu seinem Führer – bei weniger Lohn, als ich meinem Sekretär zahle.«

»Na, wenigstens brauchen wir nicht über die Berge zu klettern.«

»He, du!« rief Extrone.

Die beiden drehten sich sofort um.

»Ihr beiden macht euch auf die Suche«, sagte Extrone. »Seht nach, ob ihr Spuren findet.«

»Ja, Sir«, sagte Ri. Sie zurrten ihre Schultergurte augenblicklich fester und machten sich auf den Weg.

Nach kurzer Zeit waren sie im Buschwald und sicher vor Beobachtung.

»Warten wir hier«, sagte Mia.

»Nein, wir gehen besser weiter. Er könnte einen Spion hineingeschickt haben.«

Sie stapften weiter und achteten darauf, die Bäume zu zerstrahlen, weil sie keine professionellen Führer waren.

»Wir dürfen nicht zu nah kommen«, sagte Ri, nachdem sie lange Zeit durch den Urwald marschiert waren. »Ohne Waffen können wir uns nicht so nah heranwagen, daß das Farntier angreift.«

Sie blieben stehen. Der Wald war dicht, die Ranken hafteten überall.

»Er wird sich von den Trägern einen Weg freihauen lassen«, sagte Mia. »Der Teufel soll ihn holen.«

Ri wischte sich die Stirn. »Heiß. Verdammt heiß. Ich hätte nicht gedacht, daß es so heiß wird, als wir das erstemal hier waren.«

»Wir sind keine Führer gewesen«, sagte Mia. »Wir haben das nicht so gemerkt.«

Dann lag vor ihnen eine von Raketen versengte Landefläche.

Das Gras begann wieder zu wachsen, aber die Baumstümpfe waren vom Düsenstrahl verkohlt.

»Das stammt nicht von uns!« sagte Ri. »Es sieht aus, als sei es schon fast ein Jahr alt!«

Mias Augen verengten sich. »Das Militär von Xnile?«

»Nein«, sagte Ri. »So kleine Raketen haben die nicht. Und ich glaube nicht, daß es außer der einen Frachtrakete, die wir vom Klub gemietet haben, auf diesem Planeten noch eine gibt. Außer derjenigen, die *er* mitgebracht hat.«

»Die, die die Farntiere zum erstenmal entdeckt haben?« fragte Mia. »Glaubst du, daß die hier gelandet sind?«

»So?« sagte Ri. »Aber wer sind sie?«

Nun hob Mia die Schultern.

»Wer immer sie auch gewesen sein mögen, Jäger waren sie bestimmt nicht. Sie hätten die Entdeckung für sich behalten.«

»Wir haben uns auch nicht so gut gehalten.«

»Wir hatten keine Chance«, wandte Mia ein. »Die Gerüchte hatte jeder gehört.«

»Dann möchte ich wenigstens, daß wir unseren Führer nicht erschossen hätten. Ich möchte, daß er jetzt hier wäre, an unserer Stelle.«

Mia wischte den Schweiß aus den Augen. »Wir hätten unseren Piloten auch erschießen sollen. Das war unser Fehler. Der Pilot muß es gewesen sein, der Extrone erzählt hat, daß wir hier auf der Jagd waren.«

»Ich hätte nie geglaubt, daß ein Klub-Pilot so etwas tun würde.«

»Ich habe Extrone nicht Bescheid gesagt, wenn du das meinst.«

»Das habe ich auch nicht behauptet.«

»Hör zu«, sagte Mia flüsternd. »Er wird uns erschießen, wenn die Jagd vorbei ist.«

Ri befeuchtete die Lippen.

»Nein. Das würde er nie tun. Wir sind ja nicht irgendwer. Er könnte uns nicht einfach umbringen. Nicht einmal er. Weshalb denn auch? Es würde nicht viel nützen, wenn er uns umbrächte. Zu viele Leute wissen schon über die Farntiere Bescheid.«

Sie standen nebeneinander und starrten stumm auf die versengte Landefläche. Schließlich sagte Mia: »Am besten gehen wir wieder zurück.«

»Und was sagen wir ihm?«

»Daß wir Spuren gesehen haben. Was können wir sonst sagen?«

Sie kehrten um und gingen auf dem Pfad zurück, den sie geschlagen hatten. Sie stolperten über Lianen.

»Beim Sonnenuntergang wird es noch heißer«, sagte Ri.

»Der Wind legt sich.«

»Ich hätte nicht gedacht, daß Farntiere so weit umherziehen. Es müssen sehr viele sein, wenn sie auf beiden Seiten der Bergkette zu finden sind.«

»Vielleicht gibt es einen Paß«, meinte Mia und schob eine Ranke weg.

»Wir müssen uns beeilen«, sagte Ri und schaute zum dunkelnden Himmel hinauf.

Als die Rakete über dem hastig errichteten Lager erschien, flog sie schon tief und suchte offenkundig nach einem Landeplatz. Es war eine Militärrakete, von der Außenstation auf dem näheren Mond, und vorne, am Bug, befand sich das Emblem der Neunten Flotte. Die Rakete fauchte direkt über Extrones Zelt hinweg, drehte sich langsam, was sehr viel Treibstoff kostete, und sank in den Buschwald hinab. Die Vegetation unter ihr verkohlte.

Extrone saß auf einem gepolsterten Hocker vor seinem Zelt, spuckte angewidert aus und fuhr mit den breiten Fingern durch seinen Bart.

Nach kurzer Zeit kamen aus der Richtung der Rakete vier hohe Offiziere aus dem Wald und gingen auf ihn zu.

»Was, zum Teufel, wollt ihr?« fauchte Extrone.

Sie blieben in respektvoller Entfernung stehen.

»Sir –«, begann einer von ihnen.

»Habe ich den Herren nicht klargemacht, daß Raketen das Wild verschrecken?« sagte Extrone, ohne die Stimme zu erheben.

»Sir«, sagte der führende Offizier, »ein weiteres Schiff der fremden Wesen ist aufgetaucht. Es wurde vor ein paar Stunden gesichtet, in der Nähe dieses Planeten, Sir.«

»Wie ist es da hingekommen, meine Herren? Weshalb ist es nicht zerstört worden?«

»Wir haben es wieder aus den Augen verloren, Sir. Vorübergehend, Sir.«

»So?«

»Wir dachten, Sie sollten sich auf einen sichereren Planeten zurückziehen, Sir. Bis wir es orten und vernichten können.«

Extrone wandte sich ab und sah zu einem der ruhenden Träger hinüber.

»Du da!« sagte er. »He! Bring mir was zu trinken.« Er richtete den Blick wieder auf die Offiziere. »Vor etwa einem

Jahr war ein Schiff der fremden Wesen hier, nicht wahr, meine Herren? Und Sie haben es zerstört, nicht wahr?«

»Ja, Sir. Als wir es entdeckten.«

»Das neue Schiff werdet ihr ebenfalls zerstören«, sagte Extrone.

»Wir haben ein enges Spähnetz, Sir. Es kann nicht durchschlüpfen. Aber es könnte eine Fernbombardierung versuchen, Sir.«

»Selbst wenn sie wissen, daß ich hier bin, was nicht der Fall ist, könnt ihr es euch nicht leisten, daß sie auf mich schießen«, erklärte Extrone.

»Deshalb möchten wir, daß Sie auf den inneren Planeten zurückkehren, Sir.«

Extrone schloß die Augen halb.

»Ich bin hier nicht in Gefahr, glaube ich, meine Herren. Ich überlasse es Ihnen, dafür zu sorgen, daß es so bleibt.«

Der Träger brachte Extrone ein volles Glas.

»Verschwindet jetzt von diesem Planeten, aber schnell«, sagte Extrone leise zu den vier Offizieren.

Sie drehten sich widerwillig um. Er rief sie nicht zurück. Mit offensichtlicher Belustigung sah er ihnen nach, bis sie im Urwald verschwunden waren.

Es dämmerte. Der Feuerstrahl der Rakete erhellte das Gelände und warf unheimliche Schatten auf das sanft schwankende Gras; trockene, heiße Luft fauchte heran, und die Rakete schrumpfte zwischen den Sternen zusammen.

Extrone stand träge auf und reckte sich. Er warf das leere Glas weg und lauschte, als es zersplitterte. Er streckte die Hand aus und hob die schwere Klappe zu seinem Zelt.

»Sir?« sagte Ri, der in der zunehmenden Dunkelheit heranhastete.

»Wie?« Extrone drehte sich überrascht um. »Ach, du. Nun?«

»Wir – haben Spuren des Farntiers gefunden, Sir. In östlicher Richtung.«

Extrone nickte. Nach einer kurzen Pause hob er die Klappe höher.

»Willst du nicht hereinkommen?« sagte er.

Ri gehorchte.

Das Innere des Zelts war luxuriös eingerichtet. Das Bett war dick gepolstert; der Transport war teuer gewesen. Der Boden bestand aus massiven Fliesenblöcken, jetzt säuberlich verfugt. In der Mitte, links von dem schlanken, handgeschnitzten Tragmast, hing eine Kristallkette. Sie klirrte bei jedem Luftzug.

Extrone knipste das Licht an, ließ die Klappe fallen, ging zum Bett und setzte sich.

»Du warst, soviel ich weiß, der erste, der ein Farntier getötet hat, ja?« sagte er.

»Ich – nein, Sir. Es muß schon vorher Jäger gegeben haben.«

Extrone nickte, als stimme er zu.

»Gefällt dir mein Zelt? Vielleicht bist du neidisch – so sagt man doch, nicht wahr? Neidisch auf mein Zelt?«

Ri senkte den Blick.

»Vielleicht beneide ich dich um deinen Ruf als Jäger. Ich habe nämlich noch nie ein Farntier gesehen.«

Ri schaute sich nervös im Zelt um. Sein Blick mied Extrones funkelnde Augen.

»Nur wenige haben sie bisher gesehen, Sir.«

»So?« sagte Extrone. »Das würde ich nicht behaupten. Ich weiß, daß die fremden Lebewesen sie sehr häufig jagen – auf manchen ihrer Planeten.«

»Ich meinte, in unserem System, Sir.«

»Natürlich meintest du das«, sagte Extrone und fuhr mit dem Zeigefinger zerstreut an der Falte seines Ärmels entlang. »Ich nehme an, das sind die einzigen Farntiere in unserem System.«

Ri wartete unsicher, ohne zu antworten.

»Ja«, sagte Extrone, »das stelle ich mir vor. Es wäre bedauerlich, wenn du das letzte getötet hättest. Findest du nicht?«

Ri zerrte an seinem Gewand.

»Ja, Sir, das wäre bedauerlich.«

Extrone schob die Unterlippe vor.

»Es wäre nicht sehr rücksichtsvoll von dir gewesen – aber du hast immerhin wertvolle Erfahrungen gewonnen. Ich bin froh, daß du dich bereit erklärt hast, als mein Führer mitzukommen.«

»Es war eine Ehre, Sir.«

Extrone lächelte schief.

»Wenn ich gewartet hätte, bis es ungefährlich für mich gewesen wäre, auf einem Planeten der fremden Wesen zu jagen, hätte ich keinen derart illustren Führer finden können.«

»Ich bin geschmeichelt, Sir.«

»Versteht sich«, sagte Extrone. »Du hättest mir aber Bescheid sagen sollen, als du das Farntier in unserem eigenen System entdeckt hast.«

»Das ist mir jetzt klar, Sir. Das heißt, ich wollte es bei der ersten Gelegenheit tun –«

»Versteht sich«, sagte Extrone. »Wie bei allen meinen Untertanen heißt mich kennen mich lieben.«

Ri wand sich. Sein Gesicht war blaß.

»Wir lieben Sie wirklich, Sir.«

Extrone beugte sich vor.

»*Kennen* und lieben.«

»Ja, Sir. Wir kennen und lieben Sie, Sir.«

»Hinaus!« sagte Extrone.

»Es ist schrecklich, so nah bei ihm zu sein«, sagte Ri.

Mia nickte.

Die beiden saßen auf ihren Schlafsäcken unter den laubgeschwollenen Ästen des knorrigen Baums. Der Mond war klar und kalt und hell in wolkenloser Nacht; ein kleiner Mond mit glatter Oberfläche, abgesehen von einer zentralen Bergkette, die ihn in zwei nahezu gleiche Hälften teilte.

»Sich ihn vorzustellen – als Fleisch und Blut – nicht wie nun, wie das, was wir gelesen haben.«

Mia schaute sich argwöhnisch nach den Schatten um.

»Man beginnt vieles zu begreifen, nachdem man ihn gesehen hat, finde ich.«

Ri zupfte nervös an seinem Schlafsack.

»Man wird nachdenklich«, fügte Mia hinzu. Er zuckte zusammen. »Ich habe Angst. Ich fürchte wirklich, daß er – hör zu, sobald wir in die Zivilisation zurückkehren, sprechen wir: du, ich, die Träger. Von ihm. Er kann das nicht zulassen. Vorher wird er uns umbringen.«

Ri schaute fröstelnd zum Mond hinauf. »Nein. Wir haben Freunde. Wir haben Einfluß. Er könnte das nicht so einfach tun.«

»Er könnte behaupten, es sei ein Unfall gewesen.«

»Nein.«

»Er kann behaupten, was er will«, meinte Mia beharrlich. »Er kann die Leute alles glauben machen. Egal, was er sagt. Es gibt keine Möglichkeit, es nachzuprüfen.«

»Es wird kalt«, sagte Ri.

»Hör mich doch an«, flehte Mia.

»Selbst wenn wir versuchen würden, ihnen Bescheid zu sagen, würden sie es nicht glauben«, sagte Ri. »Alles, was sie gelesen, alle Bilder, die sie gesehen haben. Sie würden uns nicht glauben. Das weiß er.«

»Hör zu«, drängte Mia. »Kurz bevor wir zurückgekommen sind, waren ein paar Offiziere hier. Ein Träger hat sie belauscht. Er kommandierte sie herum. Er erklärte ihnen, sie könnten es nicht zulassen, daß ihm etwas passiert ... Das ist auch eine Lüge. Ich glaube nicht, daß sie eine Verschwörung gegen ihn gebildet haben, auch nicht am Anfang. Ich glaube, sie haben ihm geholfen. Es ist so. Ich sehe die Sache so: Die Armee hat ihn an die Macht gebracht, als das Volk rebellierte. Er zügelt das Militär nicht, er kontrolliert es.«

»Das würden uns die Leute nie abnehmen«, sagte Ri.

»Die Armee schickt sich an zu einem Überfall auf das fremde System!«

»Das Volk wird die Armee nie mehr unterstützen«, behauptete Ri.

»Wenn er es verlangt, wird man es tun. Man vertraut ihm.

Es erklärt vieles. Ich glaube, die Armee hat sich seit langer Zeit darauf vorbereitet. Vielleicht sogar von Anfang an. Deshalb hat Extrone den Handel mit den fremden Wesen unterbunden. Zum Teil, um ihnen nicht zu verraten, was er im Schilde führt, aber vorwiegend deshalb, um sie daran zu hindern, daß sie ihn bloßstellten. Die fremden Wesen wären nicht so leicht zu übertölpeln wie wir.«

»Nein«, sagte Ri. »Es ging darum, das natürliche wirtschaftliche Gleichgewicht zu bewahren. Du weißt, was geschehen würde, wenn wir uns zu sehr verflechten, wenn wir von ihnen abhängig werden würden –«

»Du weißt, daß das nicht stimmt.«

Ri legte sich auf seine zusammengerollte Decke. »Sprich nicht davon. Es hat keinen Sinn, so zu reden. Ich will auch nichts mehr hören.«

»Wenn die Invasion beginnt, wird er sich auf die Treue von allen verlassen müssen. Dann wäre man bereit, uns zu glauben. Es wird ihm schwer genug fallen, auch ohne daß Außenstehende herumlaufen, die versuchen, die Wahrheit zu verbreiten.«

»Du irrst dich«, sagte Ri. »Er ist nicht so. Ich weiß, daß du dich irrst.«

Mia lächelte schief. »Woher wissen wir, wie viele er schon umgebracht hat? Wie können wir das auch nur schätzen?«

Mit dem Morgen kam Vogelgezwitscher, kam Tau, kamen die Gerüche des Frühstücks. Die Luft war vom Essensduft erfüllt, und er erregte Heimweh, Erinnerungen an die Kindheit, er war unverseucht.

Und Extrone trat angekleidet aus dem Zelt, mürrisch, ließ die Klappe laut hinter sich zufallen. Er streckte sich hungrig und marschierte durch das Lager, die Augen noch immer leer und bösartig vom Schlaf.

»Frühstück!« brüllte er. Zwei Träger kamen mit Klapptisch und Stuhl herbeigerannt. Hinter ihnen brachte ein dritter Träger ein Tablett mit Nahrung; ein vierter Mann eilte mit einem dampfenden Krug und einer Tasse herbei.

Extrone speiste reichlich. Als er fertig war, spülte er den Mund mit Wasser aus und spuckte auf den Boden.

»Lin!« sagte er.

Sein persönlicher Träger kam heran und blieb stumm vor ihm stehen.

»Hast du das Handbuch gelesen, das ich dir gegeben habe?« fragte Extrone.

»Ich habe es gelesen.« Lin wartete. Nach einer Weile sagte er: »Die Farntiere sind gefährlich.«

»Wie? O ja. Die. Was sagt das Handbuch über sie?«

»Sie sind Fleischfresser, Sir. Raubtiere.«

»Ein Handbuch der fremden Wesen. Das Leben ist voll solcher Dinge – daß wir die einzigen Informationen über unsere neuentdeckte Fauna aus einem Handbuch der fremden Wesen haben und von, versteht sich, zwei Geschäftsleuten. Vor zwanzig Jahren hätten sie auf mich gespuckt, nicht wahr?«

»Farntiere haben starke Reißzähne«, sagte Lin, »und wenn sie in Wut geraten, sind sie fähig, einen Menschen –«

»Ein fremdes Wesen?« verbesserte Extrone.

» – zu zerreißen. Im übrigen besteht kein so großer Unterschied zwischen uns, daß er ins Gewicht fiele. Um ein fremdes Wesen zu zerfleischen, Sir.«

»Immer dann ›Sir‹, wenn du mir widersprichst?« erkundigte sich Extrone.

»Es sieht offenbar so aus, Sir.«

»Aber du hast auf deine eigene Art ebenfalls Angst vor mir, nicht wahr?« sagte Extrone.

Lin wartete.

»So ist es doch. Sogar meine Frauen fürchten mich. Ich frage mich, ob jemand weiß, wie angenehm es ist, wenn alle vor einem Angst haben?«

In der Ferne hustete ein Farntier.

Extrone richtete sich auf.

»Hol die Träger!« befahl er. »Ein paar von ihnen sollen einen Pfad durch das verdammte Dickicht schlagen! Und sag den beiden Geschäftsleuten, sie sollen gefälligst sofort hierherkommen!«

Vier Stunden später waren sie tief im Buschwald. Extrone ging mit gemächlichen Schritten weit hinter den Trägern, die einen Weg freihackten; methodisch schlugen sie auf Äste und Ranken ein, die ihn aufhalten konnten. Ihre scharfen Messer klickten rhythmisch zum Keuchen ihres Atems.

Von Zeit zu Zeit blieb Extrone stehen, winkte seinem Wasserträger und trank in großen Zügen von dem eisigen Wasser, um die Hitze des Urwalds besser ertragen zu können, eine Hitze, die durch das dicht verflochtene Laub noch drückender und schwüler wurde.

Auf beiden Seiten der Hauptkolonne waren die beiden Geschäftsleute ausgeschwärmt und kämpften unabhängig voneinander gegen den Wildwuchs, sicherten die Flanken gegen Farntiere, und vorne, vor den hackenden Trägern, huschte Lin zwischen den Baumstämmen herum, manchmal fern, manchmal nah.

Extrone trug die einzige Waffe lässig über die Schulter geschlungen: ein wirkungsstarkes Strahlergewehr, das bei Dauerfeuer eine mittelstarke Panzerung zu durchschlagen vermochte. Hinter ihm ging der Wasserträger, gefolgt von einem Mann mit Klappstuhl, und dahinter schleppte ein anderer das schwere, leistungsfähige Funkgerät.

Einmal nahm Extrone das Strahlergewehr von der Schulter und feuerte eine Salve auf ein winziges Baumsäugetier, das, getroffen, in eine Wolke aus Fell und Blut zerplatzte. Extrone lachte befriedigt in sich hinein.

Als die Sonne hoch stand und die fast nackten Träger vor Hitze zusammensanken, gestattete Extrone eine Rast. Während er auf den neuerlichen Aufbruch wartete, saß er auf dem Hocker, den Rücken an einem alten Baum, und tätschelte zerstreut das Strahlergewehr auf seinen Knien.

»Für Sie, Sir«, sagte der Träger des Funkgeräts und unterbrach Extrones Gedankengang.

»Ich kann dir nur empfehlen, daß es wirklich wichtig ist.«

Extrone griff nach Kopfhörer und Mikrofon und nickte dem Träger zu. Der Träger drehte an den Schaltern.

»Extrone. Wie? Na, weshalb stört ihr mich damit? Na schön, sie haben also herausgefunden, daß ich hier war. Ihr habt sie erwischt, nicht? Gut. Hoffentlich stimmt das auch. Ich will später die Bildaufzeichnungen über die Zerstörung ihres Raumschiffes sehen, verstanden?« Extrone nahm den Kopfhörer ab und warf ihn mit dem Mikrofon auf den Boden. »Stör mich nicht mehr, ich bin in Urlaub«, sagte er zu dem Träger.

»Ja, Sir!«

Extrone starrte mit zusammengekniffenen Augen zur Sonne hinauf. Seine Augen verengten sich im Glast immer mehr, und auf dem Handrücken standen kleine Schweißperlen.

Lin kehrte zur Kolonne zurück und schlängelte sich zwischen am Boden liegenden Trägern hindurch. Er blieb vor Extrone stehen und warf mit einer Kopfbewegung die Haare nach hinten.

»Ich habe eine Spur gefunden«, sagte er. »Die Fährte sieht frisch aus.« Lins Gesicht war von der Hitze gerötet und schweißverkrustet. »Es waren zwei, glaube ich.«

»Zwei?« sagte Extrone und tätschelte das Gewehr. »Wir beide gehen am besten voraus und sehen uns die Fährte an.«

»Wir sollten eine Schutzmannschaft mitnehmen, wenn Sie auch dabei sein wollen«, schlug Lin vor.

Extrone lachte.

»Das hier genügt.« Er hob das Gewehr hoch und stand auf.

»Es wäre besser gewesen, wenn Sie mir erlaubt hätten, ein Gewehr mitzunehmen«, sagte Lin.

»Eines genügt.«

Die beiden stapften allein in den Wald. Extrone bewegte sich gewandt durch das Dickicht und blieb Lin knapp auf den Fersen. Als sie die Spuren erreichten, tief in trocknenden

Schlamm um ein kleines Wasserloch eingedrückt, nickte Extrone ein paarmal.

»In dieser Richtung«, sagte Lin mit einer Handbewegung, und sie gingen weiter.

Sie marschierten ziemlich weit durch den Wald. Schließlich hob Lin mahnend die Hand, und sie blieben stehen.

»Sie könnten ziemlich weit gekommen sein. Sollten wir nicht lieber umkehren und die anderen holen?«

Das Farntier, irgendwo hinter einem wild wuchernden Dickicht, hustete. Extrone packte das Strahlergewehr fester.

Das Farntier hustete noch einmal, in größerer Entfernung.

»Sie ziehen weiter.«

»Verdammt!« sagte Extrone.

»Gut, daß der Wind richtig steht, sonst kämen sie wieder zurück.«

»Wie?«

»Sie greifen an, sobald sie Witterung haben. Ich habe gehört, daß sie manchmal einen ganzen Tag hinter einem Jäger her sind.«

»Warte«, sagte Extrone und strählte sich den Bart. »Warte einen Augenblick.«

»Ja?«

»Paß auf«, sagte Extrone. »Wenn das so ist, weshalb machen wir uns dann die Mühe, ihnen nachzuspüren? Warum bringen wir sie nicht dazu, daß sie zu uns kommen?«

»Sie sind unberechenbar«, sagte Lin. »Das wäre zu gefährlich. Ich möchte lieber —«

»Du scheinst nicht zu verstehen, was ich meine«, sagte Extrone. »Der Köder werden nicht wir sein.«

»Oh?«

»Holen wir die anderen.«

»Extrone möchte dich sprechen«, sagte Lin.

Ri zerrte an einem Grashalm, riß ihn heraus, schaute sich sorgenvoll und betroffen um.

»Weshalb will er mich sprechen?«

»Das weiß ich nicht«, sagte Lin.

Ri stand auf. Eine seiner Hände zupfte nervös an Lins nacktem Unterarm.

»Hör mal«, flüsterte er. »Du kennst ihn. Ich habe – etwas Geld. Nicht wenig. Wenn du könntest – wenn er mir etwas antun will, bezahle ich dich, wenn du –«

»Komm lieber mit«, sagte Lin und drehte sich um.

Ri fuhr mit den Händen die Schenkel entlang; er seufzte, ein kaum hörbarer, wirkungsloser Laut. Er folgte Lin an einem Schiefervorsprung vorbei, hinter dem Extrone saß und mit seinem Gewehr spielte.

Extrone nickte jovial.

»Der Farntierjäger, wie?«

»Ja, Sir.«

Extrone trommelte mit den Fingern auf den Kolben des Strahlergewehrs.

»Erzähl mir, wie sie aussehen«, befahl er.

»Nun, Sir, sie sind –«

»Ziemlich furchteinflößend, wie? Aber du hast keine Furcht vor ihnen gehabt, wie?«

»Nein, Sir. Nein, weil –«

»Gut. Freut mich, das zu hören. Ich möchte nämlich, daß du für mich etwas tust.«

»Ich –« Ri blickte nervös aus dem Augenwinkel. Lins Gesicht war ausdruckslos.

»Natürlich wirst du das machen«, sagte Extrone liebenswürdig. »Bring mir einen Strick, Lin. Einen festen, langen Strick, verstehst du?«

»Was wollen Sie tun?« fragte Ri entsetzt.

»Tja, ich binde den Strick um deine Hüften und lege dich als Köder aus.«

»Nein!«

»Na, komm schon. Wenn die Farntiere dich schreien hören – du kannst doch schreien, ja?«

Ri schluckte.

»Wir finden sonst einen Weg, dich dazu zu bringen.«

An Ris Stirn rann Schweiß herab, ein einziger Tropfen, und kroch langsam auf seine Nase zu.

»Du bist nicht in Gefahr«, sagte Extrone und betrachtete belustigt Ris Gesicht. »Ich erschieße das Tier, bevor es zu dir gelangt.«

Ri atmete tief ein.

»Aber es könnten mehr als nur eines sein, Sir.«

»Na hör mal.«

»Ich – Bitte, Sir. Hören Sie mich an.« Ris Lippen waren blutleer, seine Hände zitterten. »Sie sollten das nicht mit mir machen, Sir, sondern mit Mia. Er hat vor mir ein Farntier getötet, Sir. Und gestern nacht – gestern nacht, da hat er –«

»Da hat er was?« fragte Extrone.

Ri atmete gurgelnd ein.

»Er sagte, eigentlich müßte er Sie umbringen, Sir. Das hat er gesagt. Ich habe es selbst gehört, Sir. Er sagte, er sollte Sie umbringen. Er ist es, den Sie als Köder gebrauchen sollten. Wenn es einen Unfall geben sollte, Sir, würde das nichts ausmachen, weil er gesagt hat, daß er Sie umbringen sollte. Ich würde nie –«

»Was für einer ist das?« erkundigte sich Extrone.

»Der da drüben.«

»Der mir den Rücken zuwendet?«

»Ja, Sir. Das ist er. Das ist er, Sir.«

»Vielen Dank für die Mitteilung.« Extrone zielte und drückte ab, dann ließ er die Waffe sinken und sagte: »Da kommt Lin mit dem Strick, wie ich sehe.«

»Oh, oh, oh«, sagte Ri.

Extrone wandte sich an Lin.

»Das eine Ende um seine Hüften.«

»Warten Sie«, bettelte Ri und zerrte am Strick. »Sie sollten nicht mich verwenden, bitte, Sir. Nicht, nachdem ich Ihnen über Mia Bescheid gesagt habe. Bitte, Sir. Wenn mir etwas zustoßen sollte, bitte, Sir, tun sie es nicht, jetzt nicht!«

»Verknoten«, befahl Extrone.

»Nein, Sir. Bitte. Oh. Bitte nicht, Sir.«

»Verknoten«, sagte Extrone.

Lin bückte sich mit dem Strick.

Sie standen am Wasserloch – Extrone, Lin, zwei Träger und Ri.

Da das Loch austrocknete, fiel das linke, zum Teil freiliegende Ufer steil zum schlammigen Wasser ab. An ihm wuchs grünes, frisches Gras, von schweren Tierklauen halb zertrampelt. Dort hatte man Ri festgepflockt und das andere Ende des Stricks um einen Baumstamm geschlungen.

»Du wirst schreien«, befahl Extrone. Mit dem Gewehr deutete er über das Wasserloch. »Das Farntier wird aus dieser Richtung kommen, glaube ich.«

Ri lallte vor Angst.

»Ich will dich schreien hören«, sagte Extrone.

Ri stöhnte leise.

»Du mußt dich schon mehr anstrengen«, erklärte Extrone. Er nickte einem Träger zu, der etwas in der Hand hatte, was Ri nicht sehen konnte.

Ri schrie.

»Sorg dafür, daß du so weiterbrüllst«, sagte Extrone. »Genau so will ich es hören.« Er wandte sich an Lin. »Wir können auf diesen Baum hier klettern, denke ich.«

Langsam stiegen die beiden Männer, unterstützt von den Trägern, auf den Baum hinauf. Die Rinde schälte sich unter ihren schweren Stiefeln ab. Ri beobachtete sie ohne Hoffnung.

In der Gabelung ließ Extrone sich nieder und hielt das Gewehr im Anschlag. Lin kroch weiter auf den dicken Ast hinaus und probierte eine kleinere Gabelung aus.

Extrone schaute hinunter und sagte: »Schrei!« Er schaute sich nach Lin um. »Spürst du die Erregung? Bei einer Jagd schwirrt sie immer in der Luft.«

Lin sagte: »Ja.«

Extrone lachte in sich hinein.

»Du bist mit mir auf Meizque gewesen?«

»Ja.«

»Das war etwas, damals.« Er fuhr mit der Hand am Gewehrkolben entlang.

Die Sonne zog nach Westen und verschleierte sich halb

mit Bäumen; ein großes Insekt schwirrte um Extrones Kopf. Er schlug danach. Der Urwald war still, und das Schweigen wurde von Zeit zu Zeit noch durch ein klagendes Pfeifen unterstrichen. Ris Schreie klangen schrill und hallten zitternd davon. Lin saß zusammengekauert auf dem Ast und schwieg.

Extrones Augen verengten sich, und er begann den Gewehrkolben mit schnellen, ruckhaften Bewegungen zu streicheln. Lin befeuchtete die Lippen. Sein Blick blieb auf Extrones Gesicht gerichtet. Die Sonne schien am Himmel zu kleben, und die Hitze preßte sie aus, saugte ihren Atem weg wie ein Vakuum. Das Insekt flog davon. Ri schrie immer noch, endlos, hoffnungslos, monoton.

Ein Farntier hustete, fern im verfilzten Urwald.

Extrone lachte.

»Es muß ihn gehört haben.«

»Wir haben Glück, so schnell eines aufmerksam zu machen«, sagte Lin.

Extrone stemmte die Stiefelnägel in den Baum und richtete sich auf.

»Mir gefällt das. Ein Warten wie dieses ist aufregender als alles andere, was ich kenne.«

Lin sagte nichts.

»Das Warten selbst macht viel aus. Die Spannung. Es kommt nicht allein auf das Töten an.«

»Nicht allein auf das Töten«, wiederholte Lin.

»Du verstehst?« sagte Extrone. »Wie es ist, zu warten und zu wissen, daß in einer Minute etwas aus dem Wald treten wird, und du kannst es töten. Aber es ist nicht das Töten allein. Auch das Warten gehört dazu.«

Ein Farntier hustete wieder, in größerer Nähe.

»Das ist ein anderes«, sagte Lin.

»Woher weißt du das?«

»Hören Sie die tiefere Stimme, das deutlichere Knurren?«

»He!« schrie Extrone. »Du da unten! Es kommen zwei. Laß dich mal richtig vernehmen!«

Ri, unten am Wasserloch, wimmerte wie ein Kind und begann zum Baum zurückzuweichen, die Augen weit aufgerissen.

»Es befriedigt einen auch enorm, sie zu täuschen«, sagte Extrone. »Sie zu einem Köder zu locken, wo man sie erwischen kann.« Er öffnete die rechte Hand. »Das Gelände bestimmen, die Falle stellen, den Köder auslegen.« Er ließ die Hand zur Faust zusammenschnappen, hielt sie vor seine Augen, den Gedanken eingefangen. »Die Falle zuschnappen lassen, sobald die Beute hineingetappt ist. Schlau. Dadurch wird das Warten interessanter. Das Warten darauf, ob sie deinen Köder wirklich annehmen.«

Lin bewegte sich und starrte zum Urwald hinüber.

»Ich habe immer gern gejagt«, sagte Extrone. »Eigentlich war mir das lieber als alles andere.«

Lin spuckte auf den Boden hinunter.

»Man sollte nur jagen, wenn man muß. Um sich zu ernähren. Um sich zu schützen.«

»Nein«, sagte Extrone. »Man soll jagen um der Jagd willen, das ist es.«

»Töten?«

»Jagen«, sagte Extrone.

Das Farntier hustete. Ein zweites antwortete. Sie waren ganz nah, und im Dickicht knackte es.

»Er ist ein guter Köder«, sagte Extrone. »Er ist dick genug, und er kann gut schreien.«

Ri hatte aufgehört zu schreien; er war am Baum zusammengesunken und starrte angstvoll über das Wasserloch hinweg in den Urwald.

Extrone begann vor Erregung zu zittern.

»Da kommen sie!«

Der Urwald zerteilte sich. Extrone beugte sich vor, das Gewehr noch auf dem Schoß.

Das Farntier trat mit seinen winzigen roten, haßerfüllten Augen hinaus ans Ufer und schwang den Kopf hin und her. Seine Nüstern blähten sich zornig. Es bellte. Sein Weibchen erschien neben ihm. Ihre Schwänze peitschten das Gebüsch hinter ihnen, daß die Blätter davonstoben.

»Schießen!« zischte Lin. »Um Gottes willen, schießen Sie!«

»Warte«, sagte Extrone. »Mal sehen, was sie machen.« Er hatte die Waffe nicht an die Schulter gehoben. Er war am ganzen Körper angespannt, vorgebeugt, die Augen hatten sich zu Schlitzen verengt, seine Atemzüge glichen dem Keuchen einer aus der Kontrolle geratenen Pumpe.

Das Farntier erblickte Ri. Es senkte den Kopf.

»Schau!« rief Extrone. »Da kommt es!«

Ri begann wieder zu kreischen.

Noch immer hob Extrone die Waffe nicht an die Schulter. Er lachte. Lin wartete starr, den Blick gebannt auf das Farntier gerichtet.

Das Farntier stürzte sich ins Wasser, das seicht war, zerteilte es, daß es zu beiden Seiten hoch aufspritzte, und stampfte auf Ri zu.

»Schau! Schau!« schrie Extrone freudig.

Und dann ließen die fremden Lebewesen die Falle zuschnappen.

I

»Schlechte Nachrichten«, sagte der Mann vom Amt für Kulturen.

Der Gesandte von Dobu wirkte verletzt. Er verdrehte seinen dürren Hals, um seine Enttäuschung zu verbergen, und zuckte mit den mageren Schultern, um zu zeigen, daß es eigentlich keine Rolle spielte.

»Ah, so?«

»Es läuft auf eine begrenzte Quarantäne hinaus«, sagte der Mann vom Amt für Kulturen.

Der Dobune gestikulierte schwach.

»Es könnte schlimmer sein«, meinte der Mann vom Amt für Kulturen.

Der Dobune nickte traurig.

»Uns dürfen Sie nicht die Schuld geben«, sagte der Mann vom Amt für Kulturen. »Dem Amt für Kulturen, meine ich. Soweit wir es beurteilen können, würden Sie unsere Kultur selbst dann nicht aus dem Gleichgewicht bringen, wenn Sie morgen die Hälfte Ihrer Bevölkerung hinschaffen würden. Aber schließlich –« Er verstummte achselzuckend.

»Danke«, sagte der Dobune bescheiden.

»Im Grunde liegt es an unserer Presse«, erklärte der andere. »Sie haben die Zeitungen vielleicht gelesen? Wirklich bedauerlich, das mit der ›Starflight‹. Aber so etwas kommt vor. Wir wissen, daß es ein – äh – Mißverständnis gewesen ist. Als aber unsere Zeitungen erst einmal dahintergekommen waren . . . Tja, was ich damit sagen will, ist, wir geben Ihnen keine Schuld, wir – beim Amt für Kulturen.«

»Vielen Dank«, sagte der Dobune.

»Bis die Presse die Sache vergißt, müssen wir also kurze Zeit darauf bestehen, daß Sie praktisch nur auf Ihrem eigenen Planeten bleiben. Es wird aber Handel geben, beschränkten Handel, und zwar von Ihrem unbewohnten Walten 6 aus, einer Art Zwischenstation. Wir stellen sogar ein Raumschiff zur Verfügung, um die Frachten von und nach Dobu zu befördern. Mehr kann ich im Augenblick leider nicht anbieten.«

»Wir sind Ihnen sehr dankbar.«

»Ein Jahr vielleicht. Höchstens. So schlimm wird es nicht sein. Sie sind ja ganz gut zurechtgekommen, bevor wir Sie entdeckt haben. Sie schaffen es schon.«

»Ah, der Handel?« fragte der Dobune besorgt.

»Wir können Ihnen natürlich keinerlei Rüstungsmaterial liefern, aber abgesehen davon –« Er deutete mit einer weitausholenden Geste an, daß noch ein großes, gewinnbringend zu beackerndes Feld blieb.

»Wir haben seit Jahrhunderten keine Kriege geführt. Mindestens fünfhundert Jahre nach Ihrer Zeitrechnung. Wir Dobunen sind friedlich.«

Der Mann vom Amt für Kulturen betrachtete den ausgemergelten Dobunen und nickte.

»Ich weiß. Das Amt für Kulturen weiß Bescheid. Das Außenamt weiß es. Aber die Presse hat nichts davon gehört, oder wenn doch, dann glaubt sie es nicht, und wir können dagegen praktisch nichts unternehmen.«

»Nein. Nein, natürlich nicht.«

»Schön. Das wäre dann also geklärt . . . Nun zum Handel. Wir helfen, soviel wir können. Verlassen Sie sich auf uns. Hände weg von Dingen, mit denen Sie gegen uns Krieg führen könnten, und das Außenamt wird einverstanden sein.«

Der Dobune seufzte.

Der Mann vom Amt für Kulturen schaute sich im Büro um; er raschelte mit seinen Papieren.

»Apropos.«

»Ja?«

»Wenn es Ihnen nichts ausmacht – na ja, ich meine, wenn es nicht darauf ankommt – und ich wüßte nicht, wieso –, möchte ich die Firma Jason und Söhne erwähnen. Die geachtetste, äh, und besteingeführte Firma in unserem System. Nur erwähnen, mehr nicht. Empfehlungen kann ich natürlich nicht aussprechen, ich bin Beamter. Ich mache da keinerlei Unterschiede, aber erwähnen wollte ich es doch.«

»Schon gut«, sagte der Dobune, »ich wende mich an das Unternehmen.«

»Fein. Sie werden bestimmt feststellen – äh –, daß das Außenamt – das heißt, Jason und Söhne haben Erfahrung darin, wie man beim Außenamt eine Genehmigung erlangt, ohne weite bürokratische Umwege hinnehmen zu müssen, wie das bei anderen Handelsfirmen der Fall wäre.«

»Ah, ja«, sagte der Dobune.

Der Mann vom Amt für Kulturen nickte zu geheimen Gedanken.

»Sie möchten es nicht glauben«, sagte er.

»Ja?«

»Ich meine, es gibt ja alles mögliche, und Sie möchten nicht glauben, auf was für Kulturen wir stoßen. Alle Sorten. Kulturen, die auf Ritualen beruhen. Kulturen, die auf Argwohn beruhen. Kulturen, die auf Selbstmord beruhen.«

»Ah . . . ?«

»Ja, die Auswahl ist groß. Man lernt in diesem Beruf die tollsten Dinge kennen.« Er zögerte, blickte mit zusammengekniffenen Augen über den Schreibtisch und machte mehr als deutlich, daß er eines der allerseltsamsten in diesem Augenblick vor sich hatte. »Denken Sie«, sagte er, »es gibt sogar eine Kultur, die auf der Lüge beruht. Na! Es ist eben alles mögliche nötig, bis ein Universum komplett ist.«

Der Dobune stand auf und räusperte sich.

»Hm, ah, ich danke Ihnen für Ihre Unterstützung, ich meine, ich weiß sie sehr zu schätzen.«

Der Mann vom Amt für Kulturen winkte ab, um zu zeigen, daß das alles zu seinen Aufgaben gehörte.

»Oh? Äh, wenn es Ihnen nicht zuviel Mühe macht, könnten Sie, bevor Sie gehen, Mr. Jason sagen, daß ich, äh, äh, beiläufig seine Firma erwähnt habe.«

»Gerne.«

2

Der Dobune erklärte Mr. Jason, daß die Dobunen ein armes Volk seien, daß sie abgesehen von ein paar handgefertigten Kleinigkeiten, armseligen Dingen, einigen kunsthandwerklichen Arbeiten, wenig zu bieten hätten: nichts, was sich mit der großartigen, maschinell hergestellten Vielfalt von Geräten messen könne, die er überall bemerke. Er starrte bei diesen Worten zum Fenster hinaus, auf die Parade vorbeischwebender Flugwagen.

»Wir haben nie im Überfluß gelebt«, erklärte er. »Unsere wenigen armseligen Bedürfnisse, so bescheiden sie auch sind, überfordern aber manchmal unsere Kräfte. Wie Sie sehen können, sind wir keine starken, aktiven Leute. Am dringendsten vielleicht brauchen wir Energie: Geräte, um unsere Felder zu bepflanzen, und –«

Mr. Jason räusperte sich.

»Angesichts der Quarantäne fürchte ich, daß wir nicht daran denken können, Ihnen Energiequellen zu liefern, aber –«

»Tja«, sagte der Dobune, wartend, während er versuchte, sich etwas anderes einfallen zu lassen, was sein Volk brauchen konnte.

»Vielleicht dürfte ich vorschlagen«, sagte Mr. Jason, »äh – soviel ich weiß, ist es kalt auf Dobu.«

»Hm, ja«, sagte der Dobune. »So ist es.«

»Tja«, sagte Mr. Jason, »da habe ich genau das Richtige für Sie. Frost-weg-Kleidung. Warm, weich, kuschelig.«

»Äh –«

»Mir ist das ganz egal«, meinte Mr. Jason. »Ich versuche nur, Ihnen entgegenzukommen. Tatsächlich wären die Energie-Erzeuger billiger, aber wir können ja unsere Geschäfte nicht einfach auf Egoismus begründen, nicht? Ich möchte Ihnen das Beste liefern, was ich habe, ja sogar eigene Modelle für Sie anfertigen. Kosten spielen keine Rolle. Sie würden sich wundern, wenn Sie wüßten, was die Frost-weg-Kleidung auf dem Markt erbringt; phantastische Beträge, ja, Sir. Oh, ausgesprochen kostspielig, wirklich. Aber ich mache Geschäfte mit zufriedenen Kunden, das ist mein Leitspruch.«

»Hm –«

»Und es ist nicht einfach, etwas zu finden, was vom Außenamt genehmigt wird. Krieg kann man mit vielem führen. Mit allem möglichen. Praktisch mit allem ... Nun, unsere Aufgabe besteht darin, festzustellen, was Sie brauchen, was für Sie gut ist, und dann – wenn das Außenamt zustimmt, nun, dann beschaffen wir das für Sie. Wegen der Kosten brauchen Sie sich keine Gedanken zu machen. Überlassen Sie das ganz mir!«

»Hm –«

»Also Frost-weg. Jeden Winter erfrieren auf Ihrem Planeten Leute, weil sie keine Frost-weg-Kleidung haben.«

»Wir auf Dobu –«

»Können nicht ohne sie leben. Sie brauchen Frost-weg.«

»Hm –«

»Fein! Also. Was brauchen wir von Ihnen? Haben Sie Muster mitgebracht?«

»Wir haben so wenig«, sagte der Dobune.

»Na, hören Sie«, sagte Mr. Jason. »Sie brauchen sich nicht zu entschuldigen. Selbstverständlich können wir alles bei uns selbst herstellen. Mit unseren Maschinen produzieren wir tausendfach beste ›Handarbeit‹. Aber mit uns ist leicht Handel treiben. Wir greifen den, äh, weniger Begünstigten gern unter die Arme. Das ist eine Pflicht. Das Verantwortungsbewußtsein, das uns unsere einzigartige Stellung, unsere grandiose Zivilisation gibt. Jawohl, Sir, die fortschrittlichsten Wesen haben große Verantwortung zu tragen, das kann ich Ihnen sagen. Und manchmal ist es gar nicht so einfach, aber wir tun ein übriges, wir strengen uns ganz besonders an.«

»Diese Dinge«, begann der Dobune und bückte sich über sein Gepäck. »Die Dinge hier, ich habe sie mitgebracht, um Ihnen zu zeigen –«

Während er sich bückte, streifte er unabsichtlich den Riegel eines Drahtkäfigs. Die Tür sprang auf. Heraus kam das Tier, das dort eingesperrt gewesen war.

»Was ist das?« Mr. Jason zielte mit dem Finger auf das Wesen.

»Das? Oh. Oh. Das. Der Zollbeamte hat es aus Versehen mitgeschickt. Es hat nichts mit unserem Handel zu tun. Es hätte überhaupt nicht von unserem Raumschiff gelassen werden sollen.«

»Was ist es denn?«

»Das ist ein Kwiggi.«

Das Kwiggi entwand sich seinen Fingern, als er danach griff, es wich zurück, in einen Stuhl, und dann sprang es vor Überraschung bei der plötzlichen Berührung davon. Es vollführte Bewegungen, die tatsächlich so aussahen, als wolle es mit der rechten Hand den rechten Ellbogen kratzen. Ohne Erfolg.

Der Dobune griff erneut danach. Es duckte sich schnell und verspielt nach links und prallte mit dem Kopf hart gegen Mr. Jasons Schreibtisch. Es setzte sich und rieb sich mit beiden Händen den Schädel.

»Hmmmm. Hmmmmmm. Ein Kwiggi?«

»Ja«, gab der Dobune zu, während er das Tier aufhob und in den Käfig zurückbeförderte.

»Wozu ist es gut?« erkundigte sich Mr. Jason.

»Wir essen sie.«

»Na!« sagte Mr. Jason. »Sie essen sie, so?«

»Das tun wir. Ich habe ein Paar davon als Nahrung mitgenommen, für die Reise.«

»Ich – verstehe.« Mr. Jason überlegte. »Dann haben Sie das andere schon gegessen?«

»Ach du meine Güte, nein. Das sind Zuchttiere. Ich esse die Abkömmlinge ... Das andere Tier befindet sich in seinem eigenen Käfig im Raumschiff.«

»Hmmmm. Kurze Trächtigkeitszeit, wie? Hmmm.«

»Ach, für Kwiggis interessieren Sie sich bestimmt nicht. Sie würden nichts damit anfangen können. Das hier allerdings –«

»Warten Sie. Lassen Sie mich überlegen. Ich könnte ...

Ja, die kleinen Wesen, man könnte Gewinne damit erzielen, wenn man den Markt schlagartig damit überfluten und andeuten würde, daß sich ein Vermögen damit erzielen ließe, wenn man sie züchtet. Das wäre zu machen. Aber es würde Geheimhaltung und genaue Abstimmung erfordern. Wir werden sehen. Nun, vielleicht bin ich zu voreilig – aber in diesem Beruf muß man schnell handeln, es bleibt einem nichts anderes übrig, wenn man vorne bleiben will, wenn einem nichts entgehen soll. Passen Sie auf. Ich bin vielleicht an den Tieren interessiert. Viel könnte ich Ihnen dafür nicht bieten, aber ich brauche ziemlich viele, am besten übernehmen die Anfangsaufzucht Sie . . . Man muß schnell ein- und wieder aussteigen. Wie Sie selbst schon sagten, sind sie völlig wertlos. Aber trotzdem . . . es könnte unter Umständen sein, daß ich mich dafür interessiere.«

»Ein Beamter vom Amt für Kulturen, ein Mr. Hart, hat Ihren Namen erwähnt«, sagte der Dobune erwartungsvoll, vielleicht in der Hoffnung, Mr. Jason werde sich großzügiger zeigen, sobald er erfuhr, daß ihn ein Freund hergeschickt hatte.

»Ja«, sagte Mr. Jason zerstreut. »Ich schicke ihm am Montag einen Scheck.«

3

Wilson von der Vergleichenden Anthropologie machte einen Besuch bei Howe von der Verwaltung.

»Kaffee«, sagte Wilson.

Howe hob den Kopf.

»Tag. – Setz dich.«

Wilson setzte sich.

»Kaffee, habe ich gesagt.«

»Schon gehört. Eine Minute.«

»Was machst du?«

»Kurzanalyse prüfen.« Er beugte sich wieder über den Schreibtisch.

»So? Worüber denn?«

»Kwiggi.«

»Nie von ihnen gehört, wenn sie das sind, ich meine, wenn es ›sie‹ sein sollten.«

»Dobunisch.«

»Dobunisch!« Wilson holte eine Zigarette heraus, lauschte dem Kratzen der Feder auf dem Papier, zündete sich die Zigarette an.

»So.« Howe richtete sich auf. »Zuerst muß ich mir das aufschreiben. Beim Reden kann ich nicht nachdenken.« Er beugte sich vor und drückte die Tonbandtaste, griff nach dem Mikrofon und las den Text ab. »Hauptlabor. Organisch. Prüfstation. Vorausbericht. Betrifft: Kwiggi. Lebensform: Dobunisch. Enthalten in Handelsabkommen mit Jason und Söhne.

Zwei Exemplare, männlich und weiblich.

Äußere Merkmale. Größe: entspricht etwa der einer kleinen Katze. Farbe: grün. Friedlich. Zweifüßler. Doppelschwanz. Seidiges Fell ... Vorausangaben, nach dobunischem Bericht, in Anlage beigefügt: Trächtigkeitsdauer acht Tage, Wurf vier bis sechs Nachkommen. Durchschnittliche Lebensdauer drei Jahre.

Embargo-Prüfung erbeten.

Mutmaßlicher Handelswert: als Haustier.«

Er schaltete das Tonbandgerät ab.

»Acht Tage?« sagte Wilson.

»Ich habe zweimal nachgeprüft. Es stimmt.«

»Na«, sagte Wilson. »Sehr fruchtbar.«

Howe stand auf.

»Du hast Kaffee gesagt?«

»Kaffee.«

Die beiden Männer verließen das Büro; als sie durch die Tür gingen, sagte Wilson: »Erzähl mir mehr davon.«

Howe hob vielsagend die Schultern.

Sie gingen den Weg hinunter, der über den künstlich geformten Hügel zur modernen Cafeteria führte. An die hundert Gebäude standen unauffällig auf dem Staatsreservat verstreut. Es gab ein kompliziertes Netz von Kieswegen.

»Ist ein Bericht herausgegeben worden?«

»Routinemäßig, nehme ich an«, sagte Howe. »Das Außenamt hat ihn vermutlich zur Genehmigung bekommen.«

»Schon gelesen?« fragte Wilson.

»Gewiß.«

Wilson hörte sich an, wie der Kies unter seinen Füßen knirschte. Dann sagte er: »Ich werde also für Dobu eingeteilt. So. Ich betrete dein Büro und stelle fest, daß du ein Prüfungsersuchen für wirtschaftliche Verwertung bearbeitest. Und das Außenamt hat einen Bericht bekommen. Uns hat niemand gefragt. Uns hat keiner etwas mitgeteilt. Denken die drüben im Außenamt, daß wir Hellseher sind? Wenn ich nicht zufällig in diesem Augenblick zu dir komme, erfährt man beim Anthropologie-Team überhaupt nichts davon.«

»So ist das Leben«, sagte Howe.

»Wie denkt sich das Außenamt, daß wir eine Gruppe hinschicken sollen, wenn man nicht einmal bei so einfachen Dingen mit uns zusammenarbeitet.«

»Ich bezweifle, daß man sich im Außenamt in der einen oder anderen Richtung Gedanken macht«, meinte Howe achselzuckend. Er öffnete die Tür zur Cafeteria und folgte Wilson ins Innere.

Als sie in einer abgelegenen Nische vor ihrem Kaffee saßen, sagte Wilson: »Rück mal heraus mit den Einzelheiten über das Handelsabkommen.«

Howe nahm den Löffel gestrichen voll Zucker und betrachtete ihn kritisch. Er drehte den Löffel seitlich, und der Inhalt kippte in den Kaffee.

»Das Außenamt genehmigt ein Abkommen über Jason und Söhne, in dem Rüstungsgüter ausgenommen sind.«

»Was haben sie angeboten, weißt du das?«

»Hauptsächlich Kunsthandwerk. Handarbeiten. Seltsames Zeug. Ein paar Mineralien, glaube ich, und sie bekommen ebenfalls allerhand unnützes Zeug dafür, du weißt ja, wie das geht.«

»Ja, und wie ist das mit diesen Tieren?«

»Dobunische Haustiere, nehme ich an. Ein Wurf ist uns fürs Labor übergeben worden. Wir untersuchen sie, und wenn alles in Ordnung ist, braucht das Außenamt nur noch sein Plazet zu geben.«

»Wie sind sie denn so?« fragte Wilson.

»Niedlich, würdest du wohl sagen. Ich weiß nicht. Komisch auf jeden Fall. Sie fressen alles. Scharfe Zähne. Wie Nadeln. Aber harmlos. Wahrscheinlich eignen sie sich gut als Schoßtiere. Aber ungeschickt bis dorthinaus. Und wenn ich ungeschickt sage, meine ich wirklich ungeschickt. Man kann nicht anders, man muß lachen, aber es ist, als lache man über einen Krüppel, es ist etwas Sadistisches dabei, wenn man über ein Kwiggi lacht. Auf jeden Fall wird Jason vielleicht auch gerade deshalb allerhand Profit einstreichen, wenn er es richtig anstellt. Heraus damit wie mit einer Granate: auf die Pauke hauen, überall Anzeigen. ›Kein Heim im ganzen System kann es sich leisten, ohne ein Pärchen auszukommen‹, egal, wie er es macht, ungefähr eine Woche lang müßte er den Rahm abschöpfen können.«

»Sonst also nichts, meinst du?«

»Nee – im Labor werden sie ja auf alle Fälle noch genauestens unter die Lupe genommen.«

»Ich traue ihnen trotzdem nicht«, sagte Wilson. Er hatte die Zeitungen gelesen.

4

Mr. Porter war Redakteur. Früher einmal war er so etwas wie ein Idealist gewesen, im Besitz eines gewissen moralischen Bewußtseins, erfüllt von einer gewissen ungewöhnlichen Begeisterung, besessen von der Bedeutung einer freien und unabhängigen Presse. Aber das war lange her.

Er hörte auf zu tippen, griff in die linke Schublade, fand nicht, was er suchte, und begann mit mutlos monotoner

Stimme zu fluchen. Mit zunehmender Empörung wuchs auch die Lautstärke.

Die Bürotür ging auf, und der Bote fragte: »Haben Sie mich gerufen, Mr. Porter?«

»Wo ist mein gottverdammter Whisky?« fragte Mr. Porter.

Der Bote sagte, er habe ihn nicht gesehen, ehrlich, er sei ihm wirklich nicht vor die Augen gekommen.

Als Mr. Porter das Gebäude verlassen hatte, waren es nur ein paar Schritte zur Bar an der Ecke, wo sich die Journalisten zu treffen pflegten.

»Hallo«, rief Mr. Warren von der ›News‹, als er das Lokal betrat.

Mr. Porter zwängte sich neben ihm hinein.

»Der Langschwänzige soll dich holen«, sagte er freundlich, und zur Kellnerin, die eben auftauchte: »Und Sie auch.«

»Jawohl, Sir«, sagte sie. »Das Übliche?«

»Ja.«

»Na«, meinte Mr. Warren.

»Irgend so ein Schweinehund hat mir den Whisky glatt aus der Schublade gestohlen, einfach geklaut. Die Flasche war fast voll. Ich habe sie erst am Mittag aufgemacht.«

»Pech«, sagte Mr. Warren zerstreut und studierte die Reihen funkelnder Gläser.

»Kennst du jemanden, der nüchtern Leitartikel schreiben kann?« fragte Mr. Porter. »Hast du jemals einen getroffen, der das nüchtern fertigbringt?«

»Einmal, ja«, sagte Mr. Warren.

Mr. Porter griff nach seinem Glas, leerte es wie ein Mann, gab es der Kellnerin zurück und nickte.

»Gegen Dobu«, sagte er.

»Versteht sich«, sagte Mr. Warren und betrachtete die wandernden Lichter des Münzwählers.

»Der gewohnte Bockmist.«

»Richtig«, sagte Mr. Warren. Er gestikulierte vage. »Wir

haben Bully in unserer Redaktion, erzähl mir nichts davon. Er bewirbt sich um einen Sitz im Kongreß.«

»Noch eine Runde«, sagte Mr. Porter, als er der Kellnerin das zweite Glas abnahm, »dann bin ich in der Stimmung, mich damit zu befassen. Aber manchmal vergeht einem schon die Lust.« Seine Lebensgeister erwachten, und er fügte hinzu: »Verstehst du, was ich meine?«

»Ja«, sagte Mr. Warren.

»Der Alte möchte was Neues über Dobu. ›Das mit der *Starflight* haben wir in letzter Zeit übertrieben‹, sagt er. Sagt er. ›Das hat sich verbraucht‹, sagt er. ›Niemand kauft eine Zeitung, um abgedroschenes Zeug zu lesen. Wir brauchen etwas Neues. Hübsche, nagelneue Greuel, die brauchen wir‹, sagt er.« Mr. Porter machte eine Pause. »Na schön. Zufällig ist Harris, der Polizeireporter, auf ein Handelsabkommen zwischen den Dobunen und Jason und Söhne gestoßen. Ich habe mir also beim Außenamt die Fakten besorgt und war gerade im Begriff, die erste Seite vollzuklecksen: ›Jason handelt mit Blut‹ oder so ähnlich. Du hättest den Alten sehen sollen, als ich ihm das zeigte. O je!«

»Anzeigenkunde, wie?« fragte Mr. Warren mitfühlend. Er sah der neuen Kellnerin zu, wie sie die Theke säuberte. »Du solltest gelegentlich mal deine eigene Zeitung lesen, nur um zu sehen, wer da inseriert.«

»Und es war wirklich eine so hübsche Geschichte«, erklärte Mr. Porter.

»Wie wär's damit, daß einem Missionar ins Gesicht geschlagen worden ist?« meinte Mr. Warren.

»Könnte man brauchen, wenn nur einer auf ihrem Planeten wäre.«

Mr. Warren schüttelte traurig den Kopf.

»Von so etwas, von einer solchen Kleinigkeit solltest du dich eigentlich nicht abhalten lassen.« Er starrte die indirekte Beleuchtung an.

»Ich erzähle dir von dem Handelsabkommen«, meinte Mr. Porter. »Jason und Söhne wollen da offenbar einheimische Fauna ausbeuten: Haustiere. Sie heißen Kwiggi,

76

K-w-i-g-g-i, aber jetzt werden sie Q-u-i-g-g-i-e genannt. Und man gibt sie als Importe aus irgendeinem schäbigen System aus, von einer Gegend, die keiner je gehört hat, damit der anrüchige Name ›Dobu‹ den Handelswert nicht beeinträchtigt. Diese Quiggies sind ganz verdammte Dinger. Weißt du, woran sie mich erinnern? Sie erinnern mich an einen Politiker, der das Meinungsklima über den Gesamtgewerkschaftstarif erkunden will. Wenn du sie siehst, begreifst du, was ich meine.«

Mr. Warren betrachtete die neue Kellnerin.

»Eines Tages«, sagte er, »eines Tages gebe ich diesen Mistberuf auf und schreibe ein Buch.«

5

Mr. Jason strahlte den Mann von ›Systemweit‹ an.

»Sie haben das Pärchen jetzt knapp über einen Monat, und es sind schon vierzig Stück. Und das Außenamt hat die Genehmigung erteilt. Sie sehen also das Marketingproblem.«

Der kleine Mann auf der anderen Seite des Schreibtisches erweckte den Eindruck, als hänge er an jedem einzelnen der goldenen Worte, die Mr. Jason fallenließ.

»Morgen schicken sie uns die Zuchtlieferung«, fuhr Mr. Jason fort. »Ich habe die Farm schon für sie vorbereitet. Darin ist eine Lehre enthalten, mein Junge. Jawohl, Sir, die alte Lehre: Immer bereit sein, wie?«

»Ja, Sir.«

»Haben Sie das Layout mitgebracht?«

»Hm, äh, nein, Sir«, sagte der Mann von ›Systemweit‹. »Wir hatten aber erwartet, daß es mindestens einen Monat dauert, bis die erste Lieferung von Dobu eintrifft –«

»Von Xantope, mein Junge«, sagte Mr. Jason. »Das dürfen wir nicht vergessen. Xantope.«

»Ja, Sir.«

»Nun. Sie haben doch sicher etwas im Sinn.«

Der kleine Mann wurde rot.

»Äh . . . Das heißt, na ja, zum Beispiel Mr. Morrow – das ist Mr. Williams' Assistent –, er schlug vor, daß wir vielleicht eine Anfangsserie bringen, lokal im ›Expreß‹, meine ich, um die Leserreaktion zu testen. Darüber, was bekannte Persönlichkeiten über Quiggies als Haustiere zu sagen haben.« Er kramte in seiner Aktentasche, redete aber unaufhörlich weiter. »Ich habe hier eine Empfehlung – in der Klasse von fünftausend Krediteinheiten – von Mr. Athelwood Carlton, dem Forschungsreisenden – ha – da ist sie ja – ja, das ist sie.« Er zog das Blatt heraus und begann vorzulesen. »Ich zitiere jetzt: ›Ich hatte die erfreuliche Gelegenheit, mir die ersten Quiggies zu kaufen, die in diesem System angeboten wurden, und ich –‹«

»Nein«, sagte Mr. Jason. »Nein. Das braucht Pfeffer. Da ist kein Pfiff dabei. Keine Begeisterung, kein Feuer!«

»Ja, Sir, Sie haben ganz recht. Äh, tja, wir dachten, Sie möchten vielleicht, daß wir eine Aufnahme von Mr. Carlton bringen, wie er das Raumschiff ›Ranger‹ verläßt, auf der Plattform steht und wie –«

»Nein«, sagte Mr. Jason. »Das ist durchaus nicht das, was ich mir vorgestellt habe. Die Zeit drängt. Wir müssen die Leute dazu bewegen, augenblicklich zu kaufen, und dazu bedarf es eines unterschwelligen Appells an unsere naturgegebene Habgier. Passen Sie auf, so etwas wie: ›Von Xantope!‹ In riesigen Lettern, wie bei einer Kriegserklärung, damit sie aufmerksam werden und hingucken, und dann überfallen wir sie mit: ›Bald wird jeder sie haben wollen! Seien Sie der erste, versäumen Sie nicht eine Gelegenheit, die vielleicht Ihr ganzes Leben schlagartig verändern kann. Stellen Sie fest, welche Wandlung ein Quiggie hervorrufen kann –‹«

»Ja, Sir«, sagte der Mann von ›Systemweit‹ und kritzelte etwas in sein Notizbuch. »Ja, Sir, das ist sehr gut!«

Mr. Jason rieb sich die Hände.

»In der Sache steckt Geld. Ich bin bereit, eine Million Krediteinheiten auszugeben, eine Million, rechnen Sie sich

Ihre Provision selbst aus! Überall, wo die Leute hingehen, müssen sie das Wort zu sehen bekommen. Alle Menschen auf dem ganzen Planeten müssen binnen vierundzwanzig Stunden nur noch von den Quiggies reden. Ich wünsche, daß die Komiker im Fernsehen Quiggie-Witze machen.«

»Ja, Sir.«

»Wenn jemand kein Quiggie hat, soll er sich vorkommen wie ein von der menschlichen Gesellschaft Ausgestoßener.«

»Ha-ha«, sagte der Mann von ›Systemweit‹. »Das ist einmalig!«

»Ich brauche ein Schlagwort, so etwas wie – na, das überlasse ich Ihnen, etwas, was alle Elemente enthält ... Jede Menge Geld ist mit Quiggies zu verdienen, und das nicht nur hier. Ich arbeite bereits Vereinbarungen mit drei anderen Systemen zum dortigen Vertrieb aus. Das haben Sie nicht gewußt wie? Nein, das dachte ich mir. Aber Jason und Söhne denken nicht kleinkariert, nein. Das ist der Grund, weshalb ich sage, daß das eine große Sache wird. Drei Systeme, vier Systeme, bald sämtliche Systeme, eine Million Welten ... und auf jeder Quiggie-Haustiere, geliefert von Jason und Söhne. Darüber können Sie nachdenken, es vielleicht in Ihre Anzeigenkampagne mit aufnehmen.«

»Ja, Sir, genau das tun wir.«

»Und ich lasse mir auch noch andere Dinge einfallen, weil wir das Ding von allen Seiten beackern.«

»Ja, Sir«, bestätigte der Mann.

»Gut. Gut. Ich möchte das erste Layout über die erste Kampagne gleich morgen früh sehen.«

»Aber, Mr. Jason«, wandte der Werbefachmann ein.

»Aber? Aber? Interessiert mich nicht, ob Sie das ganze Personal nachts durcharbeiten lassen müssen. Ich brauche dieses Layout!«

»Ja, Sir, verstehe, Sir. Ich bringe es gleich morgen früh vorbei.«

»Na gut, dann sorgen Sie dafür –« Mr. Jason sah ihn an. »Eine großartige Branche, in der Sie arbeiten, mein Junge.

Durch die Werbung rauchen die Schlote erst richtig. Wir sind eine Rasse, die davon abhängt. Produktion und Verkaufsgeschick sind die Schlüssel zu unserem Erfolg. Keine Werbung – was wäre dann? Ohne Werbung hätten die Leute nicht die Hälfte dessen, was sie wirklich haben.«

»Ja, Sir.«

»Sitzen Sie hier nicht herum! Los, an die Arbeit!«

Als sich die Tür geschlossen hatte, schaltete Mr. Jason sofort das Frequenz-Telefon ein. »Verbinden Sie mich mit Williams von ›Systemweit‹.« Binnen Sekunden meldete sich jemand am anderen Ende der Frequenz.

»Ich möchte Williams ... ah, guten Tag, Johnson. Nein, ich brauche Williams ... Ja, hier Jason ... Schon besser.«

Kurze Zeit später hörte er die vertraute Stimme.

»Williams? Jason. Der kleine Esel von Ihrer Firma war eben bei mir. Ich wollte lieber anrufen. Passen Sie auf. Ich möchte zwei Seiten nebeneinander in der Sonntagsausgabe des ›Expreß‹. Darüber habe ich mit ihm nicht gesprochen, er kümmert sich um die Quiggies. Das andere ist eine Wiederholung der Sache von vor drei Wochen. Ich glaube, das Ding geht gut, ziehen Sie einfach die Matrizen aus dem Archiv ... Was? Ist mir egal – Sie können doch die Maschinen stoppen lassen, bis das Material hinübergebracht wird, oder? Hören Sie mal. Wer bezahlt eigentlich das Blatt, Ihre Werbeagentur oder die Kunden? Ja, ja ... Schon besser. Und hören Sie, sagen Sie den Leuten, sie sollen mit Dobu sanfter umgehen – für alle Fälle ... Nein. Ich rechne nicht damit, daß jemand Ärger macht, aber Sie wissen ja ... Vielleicht bringen sie einen Leitartikel über die Quiggies, wenn wir soweit sind. Vielleicht schreibt Carl Hustvedt darüber ... Sicher, er ist ihr bester Mann, aber ... Na ja, Porter würde auch genügen ... Allgemein menschliches Interesse, verstehen Sie ... Natürlich bezahlen wir, wenn wir das nicht umsonst bekommen ... Was? Nein. Nein. Wenn Sie mit Hartz sprechen müssen, können Sie ihm sagen, es besteht keinerlei Gefahr, daß Quiggies den Vivisektionisten in die Hände fallen ...«

6

»Man gewinnt sie lieb«, sagte Mrs. Leota Harris. »Sie sind viel besser als Schoßhunde.«

Das Quiggie spitzte die Ohren, beinahe so, als verstehe es, was gesprochen wurde.

»Na ja«, sagte ihr Mann, »ich muß zugeben, daß sie klug sind. Aber Zuneigung kann ich bei ihnen keine bemerken. Darauf kommt es aber an.«

»Du magst sie eben nicht«, beschuldigte sie ihn.

»Dann mag ich sie eben nicht«, sagte er. »Na gut. Ich mag sie nicht. Ich finde, sie sind egoistisch. Ich finde, sie sind faul. Ich glaube nicht, daß sie für ihre Besitzer etwas empfinden.«

»Du magst Hühnerhunde, ich weiß.«

»Okay«, sagte er und gab zu: »Ich mag Hühnerhunde. Na und?«

»Mein Gott!« sagte Mrs. Leota Harris. »Man stelle sich bloß vor, einen Hühnerhund in diesem miesen, kleinen Apartment zu halten.«

»Ich habe nicht gesagt –«

»Ich weiß«, sagte sie.

Er ging zum Fenster und schaute auf die kleinen Lichter hinaus, die unter ihm glitzerten. Er schlug hinter dem Rükken die Hände zusammen. Dort draußen gab es verdammt viele Häuser.

»Hör mal«, sagte er. »Ich habe doch nur gesagt: ›Ich kann keine Zuneigung bei ihnen bemerken.‹«

»Ich habe dich gehört.«

Das Quiggie sah Mr. Harris an und begann sein weiches, grünes Fell zu putzen. Es wedelte angewidert mit dem Doppelschwanz.

»Ich finde sie niedlich«, sagte die Frau. »Komm zu mir«, sagte sie zu dem Quiggie.

Es sah mit seinen leuchtenden, braunen Augen zu ihr auf. Beinahe gleichgültig begann es sich zu erheben. Es marschierte im Paßgang durch das Zimmer. Unterwegs stolperte es gegen einen Stuhl, schüttelte traurig den Kopf, wich nach links aus und stolperte beinahe über seinen Schwanz.

»Es sieht aus wie ein betrunkener Flegel«, sagte Mr. Harris.

Das Quiggie funkelte ihn an.

»Du verletzt seine Gefühle«, sagte die Ehefrau.

Das Quiggie verhedderte sich mit den Beinen, blieb stehen und wirkte gehetzt.

»Siehst du«, sagte sie. »Wie niedlich!«

Das Quiggie wich einen Schritt zurück und kippte eine Stehlampe um.

Schließlich stand es aber dann vor ihr. Es kletterte auf ihren Schoß und legte die Daumen an ihr Bein, als handle es sich um einen Baumstamm.

Sie tätschelte seinen Kopf. »Mein niedlicher kleiner Tölpel«, sagte sie. Es wedelte mit dem Schwanz und klatschte ihn ihr ins Gesicht. Sie hielt den Schwanz fest.

»Siehst du«, sagte sie. »Zu mir kommt es.«

»Aber es mag dich nicht richtig. Es duldet dich im Grunde eigentlich nur.«

Sie seufzte.

»Ich kann mir nicht vorstellen, daß sich eines davon auf dein Grab legt und um dich trauert, wenn du tot bist«, sagte ihr Mann. »Ich kann mir nicht vorstellen, daß dir eines die Hand ableckt.«

»Ich will meine Hand nicht abgeleckt haben.«

»Das«, sagte er, »ist eine Lüge.«

»Von einem Tier, meine ich.«

»Laß gut sein«, sagte er. »Ich bedaure, daß ich das gesagt habe.«

Das Quiggie verließ ihren Schoß, schlug einen Purzelbaum und machte sich, mehr oder weniger aufrecht, auf den Weg zu seiner Ecke. Dort versuchte es erfolglos, sich den Rücken an einem Tischbein zu kratzen, und schließlich legte es sich hin. Es betrachtete kurz die beiden Menschen aus den Augenwinkeln, dann schlief es ein.

»Es ist einsam«, sagte sie. »Es möchte einen Partner.«

»Na schön, dann besorg ihm einen Partner«, sagte er. »Mir ist das doch egal. Aber ich behaupte, daß ein Hund nicht so stumpfsinnig herumlungert wie das verdammte Ding da. Ein Hund fühlt sich in Gesellschaft von Menschen wohl. Er liegt nicht ständig in einer Ecke. Er sitzt vor deinen Füßen. Ich glaube, ein Quiggie interessiert sich nur für Sex. Und sogar da stellt es sich tölpelhaft an.«

»Woher weißt du, daß ein Hund sich nicht auch nur für Sex interessiert?«

»Ich geb's auf«, sagte ihr Mann. »Ich geb's endgültig auf.«

7

»Ich möchte wissen, wer so etwas schreibt«, sagte Mr. Saunders.

»Wer was schreibt, Liebling?«

»Das«, sagte er und zeigte auf die Zeitung.

»Ach, die Leitartikel. Ein Mann namens Porter, glaube ich.«

»Na, wer er auch sein mag, er hat recht. Ich meine, er hat eine Menge guter Ideen. Nimm nur mal die hier –« Er kniff die Augen zusammen. »›Es wird Zeit‹ – steht da, ›daß das Imperium die dobunische Bedrohung erkennt. Im vorigen Jahr gab es fünfzig Tote.‹ Er meint die ›Starflight‹, meine Liebe. ›Und bis heute ist noch keine befriedigende Wiedergutmachung erfolgt! Ferner: Man hat dort die Quarantäne begrüßt. Und das ist bedeutsam. Man hat die Quarantäne dort begrüßt. Was kann das bedeuten? Es bedeutet ganz einfach: Sie sind froh darüber, uns von ihrem System fernhalten zu können. Sie verbergen etwas! Und was verbergen sie? Aufgrund der Tatsachen gibt es nur eine einzige Antwort darauf. Sie rüsten auf, um gegen uns Krieg zu führen!‹« Mr. Saunders sagte: »Ich meine, da hat er doch irgendwie den Nagel auf den Kopf getroffen. Weshalb haben sie gegen die Quarantäne nicht aufgemuckt? Das ist doch unnatürlich.

Eine andere Antwort darauf kann man sich einfach nicht vorstellen.«

»Ja, Liebster.«

»Na, wenn ich im Rat säße, würde ich schon eingreifen. Wir würden einfach eine Raumflotte nehmen, hinfliegen und uns nichts mehr gefallen lassen.«

»Du hast völlig recht«, sagte sie.

»Jawohl, es gibt überhaupt keinen Grund dafür, die Dinge außer Kontrolle geraten zu lassen«, fuhr Mr. Saunders fort. »Der Zeitpunkt, um ihnen Einhalt zu gebieten, ist jetzt, nicht morgen oder übermorgen, wenn *sie* etwas unternehmen, sondern jetzt! Bevor sie Gelegenheit finden, zu tun — was sie wollen.«

»Paps?« sagte Willie.

»Ja?«

»Weil du schon sagst, man soll alles gleich tun, was ist mit dem Quiggie? Du hast noch keines gekauft.«

»Ah ja, das . . . Ich will dir etwas sagen, mein Sohn. Wenn du am Samstag mit mir zum Zoogeschäft fahren möchtest —« Er machte eine Handbewegung und brach ab.

»Hui, das wär' prima.«

»Ich weiß nicht«, sagte Mrs. Saunders. »Ich weiß wirklich nicht, Ed. Die Wohnung ist doch sehr, sehr klein, und wir haben keinen Platz für ein Haustier.« Sie schaute sich um und zählte automatisch die Geräte ab. Das tat ihr gut, aber gleichzeitig bedrückte es sie auch ein wenig, so, als fehle es ihr an Raum zum Atmen.

»Na«, sagte Mr. Saunders mahnend. »Darüber haben wir schon oft genug gesprochen.«

»Sie brauchen nicht viel Platz. Und Mühe machen sie überhaupt keine. Hier steht —« Willie griff nach einem Magazin und begann zu blättern. »Da, hier ist es: ›Als Haustiere sind die Quiggies ideal geeignet, weil sie ruhig, nett und belustigend sind. Sie brauchen sehr wenig Platz. Eine Schachtel in einer Zimmerecke genügt vollauf. Sie fressen nahezu alles, brauchen keine bestimmte Temperatur und gehören zu den gesündesten, robustesten Lebensformen im

Universum. Und jedes Heim mit einem Quiggie wird ein fröhliches Heim sein! Bei einem Quiggie haben Sie die Gewähr, daß es Sie zum Lachen bringt!‹ Das ist wahr, Mami. Sie sind komisch, wirklich komisch. Ich war drüben bei Joe, und weißt du, was eines von ihren Quiggies gemacht hat? Es ist rückwärts gegangen und mit dem Schwanz in den Ventilator geraten. Die Gummiflügel haben ihm natürlich nichts getan, aber was es hinterher alles angestellt hat – Joe und ich hätten uns beinahe kaputtgelacht, so komisch war das.« Er blickte wieder in das Magazin. »Und hier steht: ›Diese sauberen, kaum pflegebedürftigen Haustiere zum Lachen werden bald der Mittelpunkt jeder Familie sein. Es ist, als hätte man seinen eigenen Privatkomiker mitten im Wohnzimmer.‹«

»Das ist richtig, Marte.«

»Na ja, mag sein.«

»Mami? Jerrys Eltern haben vorigen Monat zwei Stück gekauft. Und er sagt auch, daß sie prima sind. Sie haben schon achtzehn Stück. Sie wollen sie verkaufen. Wir könnten ein Pärchen nehmen, Quiggies züchten und eine Menge Geld verdienen. Alle Leute kaufen sie schon!«

Mr. Saunders lachte.

»Ich fürchte, da sind wir ein bißchen spät dran ... aber ich habe gehört, daß Vermögen damit verdient worden sind, vor acht oder zehn Monaten noch. Am Anfang. Aber jetzt sind schon zu viele Leute auf die Idee gekommen, und jeder bietet sie zum Verkauf an.«

»Außer uns.«

»Ja. Hm – du sagst, Jerrys Eltern verkaufen welche?«

»Ja.«

»Paß auf, wir machen es so: Ich gebe dir das Geld, und du kannst heute abend noch hinlaufen und ein Pärchen kaufen.« Mr. Saunders zog seine Brieftasche heraus. »Zehn Krediteinheiten, wie?«

»Ja, ich glaube.«

Mr. Saunders gab ihm die Geldscheine.

Willie rannte zur Tür hinaus.

Als er ein paar Minuten später zurückkam, hatte er es nicht mehr ganz so eilig.

»Es hat mich gebissen!« weinte er und schwenkte eine Hand, die tiefe Zahnspuren zeigte.

»Was hat dich gebissen?«

»Ein Quiggie! Es tut weh!«

»Komm, laß mal sehen!« sagte Mrs. Saunders. »Hm. Ziemlich tief. Hol das Jod, Ed.«

»Oh, nicht das Jod!«

»Doch, das Jod.«

»Aber das brennt doch so!«

»Unsinn, so schlimm ist es gar nicht«, sagte Mrs. Saunders. »Also, wie kam es, daß es dich gebissen hat?«

»Na ja«, sagte Willie, »als ich hinausging, sah ich eins im Hof spielen. Es hatte sich ganz in den Gartenschlauch verwickelt. Und dann wurde es so wütend, daß es sich einen Weg freikauen wollte. Ich stand einfach da und lachte, weißt du, es sah so komisch aus. Dann, nach einer Weile, als es sich befreit hatte, drehte es sich um und sprang auf den Schlauch, so, als wollte es ihn treten, und es verwickelte sich wieder, und sein Schwanz fuchtelte wie ... Na, ich lief hin, und es kam wieder frei und wich ein paar Schritte zurück – so, als wäre es wild. Ich dachte, es wäre irgendwo entwischt und ich bräuchte es nur zu fangen, dann könnten wir uns das Geld sparen. Da sprang es hoch und – und es biß mich!«

»Hm«, sagte Mr. Saunders.

»Gib her, Ed.« Sie nahm die Jodflasche und bestrich die Wunde.

»Au – au – auah!«

Willie schwenkte die Hand durch die Luft.

»Ich dachte, du hast gesagt, sie seien so brav«, sagte Mrs. Saunders zu ihrem Mann.

»So steht es da«, erwiderte er. »Ich vermute, das Exemplar ist irgendwo entwischt, und vielleicht wachsen sie dann wild auf oder so. Ich habe keine Ahnung.«

8

Jackson Snow war General; er hatte lange Jahre aktiven Dienst an den Grenzen des Imperiums getan. Er war durch und durch Militär. Demzufolge widerstrebte es ihm, seine Truppen gegen Zivilisten einzusetzen.

Er schaute zum Fenster hinaus auf die Straße. Ein tobender Mob erschien unten als vielfarbiger Klecks.

»Außerordentlich schade«, sagte er. Er drehte sich um. »Colonel! Das liegt an dieser verdammten Zeitung!«

Der Colonel griff nach der Zeitung auf dem Schreibtisch und überflog den Leitartikel.

»Hören Sie sich das an«, sagte er. »»Die Angehörigen des Außenamtes, die dieses Handelsabkommen genehmigt haben, gehören auf jeden Fall vor ein Gericht gestellt. Außer ihnen sollte sich Mr. Jason verantworten müssen. Dieses Blatt ist stets für die verfassungsmäßigen Verfahren eingetreten, so langsam und umständlich sie oft auch erscheinen mögen. Dies sind zweifellos schwere Tage! Unser System befindet sich ohne jeden Zweifel in einem Kampf um Leben oder Tod – aber wir dürfen unser traditionelles Gefühl für Gerechtigkeit nicht vergessen!‹«

Der General kam vom Fenster zurück.

»Ich hoffe, daß es kein Blutvergießen geben wird. Jason ist immerhin entkommen. Wir haben ihn ausgeflogen. Aber versuchen Sie mal, das dem Mob draußen klarzumachen.« Er ging zu seinem Schreibtisch und sank erschöpft in seinen Sessel. »Ich weiß, was ich am liebsten tun würde. Ich möchte eine Flotte nehmen und gegen die Abwehr von Dobu anrükken. Ich könnte sie aufrollen, wie ein Büchsenöffner Dosenblech aufrollt. Ganz egal, wie stark sie ist. Aber was würde das jetzt noch nützen? Gar nichts! Das ist ja das Schlimme!«

»Tja«, sagte der Colonel, »mir wäre es auch lieber, wenn wir etwas anderes bekämpfen könnten als Zivilisten und Quiggies. Ich erinnere mich an die Kämpfe auf Albeck Sol Neun, das war noch etwas!«

Der General stimmte zu.

»Was werden wir jetzt tun, nach Ihrer Meinung?« fragte der Colonel.

»Ich weiß es nicht. Ich weiß es einfach nicht. Der Rat hat praktisch beschlossen, den Planeten aufzugeben. Aber wohin können wir uns wenden? Das ganze System ist angesteckt. Vielleicht das ganze Universum!«

Der Colonel nickte.

»Verdammt richtig. Und man braucht nur zu warten, bis die Leute von der strengeren Rationierung erfahren, dann –«

Das Telefon läutete.

»Hallo? Hier Snow ... Was? Guter Gott!« Er ließ sich zurücksinken. »Ja. Ja. Ich setze sie ein.«

Der Colonel zog fragend die Brauen hoch, als der General den Hörer auf die Gabel warf.

»Sie kennen unsere Lagerhäuser?«

»Ja«, sagte der Colonel.

»Sie haben sie gestern nacht ausgeräumt.«

Der Colonel hob die Schultern.

»Dafür kann niemand etwas. Sie nicht, ich nicht – Na, na. Sieh mal an.« Ganz langsam glitt seine Hand zur Strahlerpistole. Er zog sie aus dem Halfter.

Auf dem Fensterbrett saß ein Quiggie. Seine großen, braunen Augen funkelten den Colonel an. Es wölbte seine Muskeln, bleckte die Zähne, schwankte auf dem Fensterbrett hin und her und sprang ihm an die Kehle.

Der Feuerblitz aus der Pistole des Colonels traf es mitten im Flug, und es zerbarst.

»Wenigstens etwas, wogegen sie noch nicht immun sind«, sagte der Colonel.

»Lange wird es aber nicht mehr dauern«, meinte der General. »Man möchte meinen, daß die Chemiker ein Gift finden müßten, dem sie sich nicht anpassen können. Ich möchte wissen, wie das Ding hier heraufgekommen ist.«

Der Colonel ging achselzuckend zum Fenster und schaute hinunter.

»Die Menge hat sich zerstreut«, sagte er. »Vermutlich kommt eine ganze Armee von ihnen.«

»Sehr wahrscheinlich.«

»Wir müssen bleiben?« fragte der Colonel.

»Nein. Sie nicht. Nur, wenn Sie wollen. Ich bleibe natürlich, das ist doch klar.«

»Ich auch«, sagte der Colonel.

Er schloß die Augen und stellte sich eine Armee von Quiggies vor, ungeschickt, stolpernd und clownhaft. Er sah, wie sie Flüsse durchquerten und in lebendigen Flutwellen über weite Ebenen rollten. Er konnte das scharfe Klicken ihrer Zähne, das Knacken ihrer Kiefer hören. Er konnte sie sich vorstellen, wie sie naß und fröstelnd aus dem nördlichen Pazifik krochen und dann auf einem Eisberg herumrutschten, hinter einem Walroß her. Er konnte sie sehen, wie sie sich von Urwaldlianen fallen ließen und dann beleidigt dreinschauten, weil der Boden so hart war. Er konnte sehen, wie sie sich geziert das Blut von den Schnurrbärten wischten und dann weiterwankten, auf ihrem tödlichen, stolpernden Marsch, hinter allem her, was Füße hatte.

Beim erstenmal, als er ein Quiggie gesehen hatte, stellte der Mann, dem es gehörte, das Tier auf ein Brett zwischen zwei Stühlen. Das Brett war dreißig Zentimeter breit, und das Quiggie hatte alle Mühe, das Gleichgewicht zu bewahren. Er konnte sich vorstellen, wie sie herumschwankten und stolperten und miteinander zusammenprallten, während sie sich auf die großen Brückennetze der Erde drängten, über sie hinwegstürmten, sogar dort um ihr Gleichgewicht kämpften, von Zeit zu Zeit auf albernste Weise ins Wasser stürzten und ungeschickt an Land schwammen. Er konnte . . .

Der Colonel ging zu einem Stuhl und setzte sich. Er zählte seine Magazine.

»Noch sechs«, sagte er. »Sechs mal fünfzig macht dreihundert. Minus eins. Zweihundertneunundneunzig. Ich erledige zweihundertneunundneunzig von ihnen.«

»Die Dobunen soll der Teufel holen«, sagte der General. »Ich sehe sie schon, wie sie darauf warten, die Kontrolle über das ganze Universum zu übernehmen, sobald nichts mehr da ist als sie und die Quiggies.«

9

Der ehemalige Gesandte verzehrte seine Abendmahlzeit: zwei Happen Kwiggi gebraten. Er bewegte sich gereizt in seiner langen Frost-weg-Unterwäsche. Trotz allem fand er sich mit dem rauhen Stoff ab, denn auf Dobu war es kalt.

Er hatte ein sehr primitives und einfaches Haus. Es gab nur das Nötigste, und nach den Maßstäben des Imperiums ließ es einiges zu wünschen übrig.

Er wartete darauf, daß Znathao seinen Sohn herüberschickte. Er sollte dem Sohn einen Vortrag über gesellschaftliches Leben und Tradition halten. Man betrachtete ihn als den weisesten Bewohner des ganzen Dorfes, und als solcher leistete er gern diese kleinen Dienste.

Znathaos Sohn erschien kurz darauf.

»Senior Fthanti«, sagte er respektvoll.

»Bitte, setz dich, Sohn Znathaos.«

Der Junge setzte sich verlegen.

»Ah«, sagte Fthanti. »Ah. Dein Vater sagt mir, daß du das männliche Kwiggi heute wieder mit dem weiblichen zusammengetan hast.«

»Ja«, sagte der Junge trotzig, »das habe ich getan.«

»Tja«, sagte Fthanti, »dann mußt du die Kleinen ertränken, sobald sie geboren sind.«

»Das mache ich nicht.«

Die Weigerung war unannehmbar, und trotzdem erhob Fthanti nicht die Stimme.

»Aber«, sagte er ruhig, »wenn du die Kwiggis sich vermehren läßt, hätten wir bald alle soviel, wie wir essen wollen, und wie würde dir das gefallen, ein Vielfraß zu sein?«

»Das möchte ich gern.«

Fthanti starrte den Jungen kurzsichtig an. Seine Empörung angesichts dieser Häresie war nicht so groß wie bei einem Konservativen, denn er hatte von der Erde immerhin einige Bücher über andere Kulturen mitgebracht und war zu der Erkenntnis gelangt, daß manche Wesen sich einfach nicht anzupassen vermögen. Das lag in der Natur der Dinge.

»Du hast die falsche Einstellung«, sagte er.

Er wünschte sich, das Imperium möge sich beeilen und die Quarantäne aufheben.

Sobald man das tat, konnten die Dobunen ihre nicht gesellschaftsfähigen Mitglieder, wie Znathaos Sohn, dorthin schicken.

»Versprich mir etwas«, sagte er.

»Ich verspreche nichts, was ich nicht halten werde.«

»Paß auf. Du möchtest an einen Ort, wo du essen könntest, soviel du möchtest, nicht wahr? Wo du von allem mehr als genug hättest?«

»Ja!«

»Nun«, sagte Fthanti, »so einen Ort gibt es. Dort hält man das nicht für unmoralisch.«

Er bedauerte, das noch nicht gewußt zu haben, als ihr erstes Raumschiff, die ›Starflight‹, gelandet war. Wenn die Dobunen die Besatzung verstanden hätten, wären sie bereit gewesen, ihr Nahrung zu geben. Aber wer hätte geglaubt, daß sie so schnell verhungern würden? dachte Fthanti. Er schauderte. Sogar als Tote sahen sie noch widerlich fett aus.

»Ich bin dort gewesen«, erklärte er. »Und du könntest auch hingehen. Du darfst hin. Sehr bald sogar.«

Man würde die Quarantäne sicherlich bald aufheben, dachte er. Seit fast einem halben Jahr war kein Raumschiff des Imperiums mehr nach Walten 6 gekommen, und das durfte man als gutes Zeichen betrachten. Wie sollte das Fernbleiben sonst erklärt werden? Man mußte vorhaben, nachgiebiger zu werden.

»Wenn«, sagte er, »wenn du brav bist.«

»Hm.«

»Wir haben ihnen ein paar Kwiggis gegeben«, sagte Fthanti. »Ich bin sicher, daß sie jetzt schon viele haben. Du könntest ein ganzes Kwiggi essen, wenn du das möchtest.«

»Oh, ein ganzes Kwiggi?«

»Das möchtest du gern?«

»Na klar!«

»Nun«, sagte Fthanti, »sobald sie uns erlauben, daß wir

ihnen Leute schicken, spreche ich mit deinem Vater darüber. Ich bin überzeugt, er wird damit einverstanden sein, daß du zu den ersten gehörst, die hingeschickt werden.«

»Oh.«

»Falls du bis dahin brav bist und nicht mehr auf den Gedanken kommst, Kwiggis zusammenzutun.«

Die Aktentasche auf dem Sitz neben ihm hopste und schwankte. Er fuhr auf einem alten Straßenstück. Es war 1970 zuletzt repariert worden, und wenn der Staat nicht bald kostbare Arbeitskräfte zur Instandsetzung abstellte, würde es in ein oder zwei Jahren unter dem endlosen Druck des Pendlerverkehrs ganz zerstört sein. Er trat das Gaspedal durch. Der überholte Motor begann zu klopfen.

Er hoffte, daß seine Urlaubsgenehmigung auf dem Schreibtisch lag, den er sich mit dem anderen Mutanten, Robert Edd, teilte. Um sechs Uhr konnte er in einer Maschine nach Südamerika sitzen. Morgen nachmittag würde er sich in irgendeinem winzigen, von der Zeit vergessenen Dorf niedergelassen haben. Sobald sich die Sprachbarriere zwischen ihm und den Eingeborenen befand, würde er zum erstenmal seit zwei Jahren vom unaufhörlichen Druck der Gehirne, die unbewußt nach seiner Aufmerksamkeit verlangten, befreit sein.

Vor ihm, zu seiner Linken, lag nun, da er die Stadtgrenze fast erreicht hatte, der gepflegte Rasen eines baumbeschatteten Friedhofs mit seinen Marmorgrabmälern.

Als der Wagen auf gleicher Höhe war, spürte er zum zweitenmal seit dem Frühstück ein scharfes, schmerzhaftes Summen. Diesmal schienen es halbfertige Gedanken zu sein, begleitet von einem Eindruck der Agonie und Hitze, so daß seine Handflächen zu schwitzen begannen. Er rang einen Augenblick damit, versuchte das Ganze zu begreifen, und dann war alles ebenso plötzlich vorbei, wie es sich eingestellt hatte. Er schüttelte verwirrt und angstvoll den Kopf.

In der Stadt nahm der Verkehr zu. An der Clay Street bog er links ab. Sieben Häuserblocks weiter fand er die gesuchte Adresse. Er lenkte den Wagen an den Randstein, griff nach der Aktentasche und stieg aus.

Als er auf den Eingang zuging, stellte er sich das Gesicht hinter der Tür vor: Haarfarbe, Augenfarbe, Ohrenform und

Knochenbau. Er konnte nicht wissen, ob das rezessive Gen, dem er nachforschte, mit einem äußeren Erbmerkmal verbunden war oder nicht, so wie die Hautfarbe mit der Anfälligkeit für Malaria und Tuberkulose zusammenhängt, oder ob das labile Gen, wie bei ihm selbst und bei Blutern, nicht mit einem identifizierbaren Merkmal gekoppelt war. Und da er im Zusammenhang mit der Untersuchung eine verwirrende, ambivalente und irrationale Gefühlsbewegung empfand, wollte er es im Grunde auch gar nicht wissen. Er klopfte.

»Ja?« sagte der Mann und blickte hinter der halbgeöffneten Tür hervor.

»Mr. Merringo?« fragte er.

»Ja«, sagte der Mann.

»Ich heiße Walton. Howard Walton. Darf ich hereinkommen?«

Mr. Merringos Mund zitterte vor Mißtrauen und Haß.

»Ich werde nicht in die Privatsphäre Ihrer Gedanken eindringen«, sagte Howard Walton müde und vielleicht mit einer Spur von Bitterkeit.

Der Mann zögerte für den Bruchteil einer Sekunde. Dann öffnete sich die Tür ganz.

»Kommen Sie 'rein«, sagte er.

Howard Walton folgte ihm stumm durch die enge Diele. Er zog die Nase kraus, als er die muffige Luft einatmete, und seine Augen mußten sich erst an die Dunkelheit in dem verhängten Raum gewöhnen.

Mr. Merringo, ein hagerer, nervöser Mann um die Dreißig, der sich bewegte, als schwanke der Teppich unter ihm, wandte sich nach links in das Wohnzimmer, das von der Diele aus durch Schiebetüren zu erreichen war. Eine der Türen stand offen. Er ging zum falschen Kamin. Darin lagen zerknüllte Papierkugeln, halbgerauchte Zigaretten, Asche und ein verhutzeltes Apfelkerngehäuse. Er drehte sich um und sah den Telepathen an.

»Sie sind vom Staat beauftragt? Ich habe irgendwo gelesen, daß man euch einstellt.«

Howard Walton schaute in den Spiegel und sah die lächerliche Beule an seiner Stirn, rund und blau wie eine frische Prellung. Sie war das Abzeichen eines Telepathen und wuchs krebsartig ab dem zwanzigsten Lebensjahr. Sie zerstörte ihn, fraß sich hinein in sein Denken und schoß bösartige Zellen in sein Blut, das sie in Lunge, Magen und Knochen verteilte. Sein Mund blieb ausdruckslos, während er versuchte, sich die Beule wegzudenken und sich seine reine Jugendstirn ins Gedächtnis zu rufen, so wie sie gewesen war, bevor er herangereift war und Gedanken zu hören begann, die er nicht hören wollte. Das Spiegelbild blickte ihm entgegen, Irrtum der Natur, ein falscher, unproduktiver Beginn. Er wandte sich dem Mann am Kamin zu.

»Ja«, sagte er, »ich bin für den Staat tätig.«

»Ich begreife nicht, weshalb der Staat sich für mich interessiert. Ich habe nichts Ungesetzliches getan.«

»Es handelt sich um Ihre Frau.«

Mr. Merringo starrte in die Augen des Telepathen.

»Sie ist tot«, sagte er. Kein Wimpernzucken verriet seine Gefühle, aber Howard Walton spürte sie als schnellen Pulsschlag, der gegen sein fest abgeschirmtes Denken trommelte.

»Ich weiß«, sagte Howard Walton.

»Sie können ruhig Platz nehmen«, sagte Mr. Merringo.

Howard Walton ging zum Sofa. Als er sich setzte, wirbelte Staub auf. Er schaute sich im Zimmer um, da sich seine Augen an das Halbdunkel gewöhnt hatten, und fand die Möbel steif, kalt und leblos.

»Ich habe Ihren Namen im Krankenhaus erfahren.«

»So?«

Howard Walton versuchte die Feindseligkeit des Mannes zu ignorieren.

»Klären wir das zuerst«, sagte er. Tief einatmend, fragte er: »Sie waren der Vater?«

»Ja«, sagte Mr. Merringo, »ich war der Vater.«

Howard Walton ließ die Anspannung in der muffigen, stillen Luft zerfließen. Seine Hand tastete nach dem Reißverschluß der Aktentasche; er wußte, ohne aufzublicken, daß der Mann gebannt auf sein Gesicht starrte. Seine Hand zuckte, der Reißverschluß verklemmte sich, und während er sich vorbeugte und einen Teil seiner Aufmerksamkeit darauf verwandte, fragte er sich, was sie von ihm hielten, Leute wie Merringo und die anderen, was für ein kaltes, gefühlloses Wesen sie in ihm sahen, welche Superintelligenz sie sich vorstellten, was für ein eisiges, empfindungsloses Wesen, menschlich in Gestalt, Dämon im Geist? Er konnte die Feindseligkeit der Augen spüren; sie schienen ihn anzuklagen: Du begreifst, sei verdammt dafür, und du lachst über mich ... Aber sein Intelligenzquotient betrug 120, und er konnte die Wirklichkeit nicht besser interpretieren als irgendein anderer Mensch von gleicher Intelligenz und mit derselben Kombination von Neurosen. Er befreite den Reißverschluß. Er zog das Formular heraus.

»Ich möchte ein paar Gesichtsmerkmale eintragen.« Und nachdem Howard Walton ihn einen Augenblick betrachtet und das Ergebnis niedergeschrieben hatte, sagte er: »Bitte, jetzt im Profil, ja? Nein, die andere Seite. Ja, danke.«

Dann war er fertig.

»Haben Sie ein neueres Bild von Ihrer Frau?« Er fuhr instinktiv mit der Hand über die Augen. Da war wieder der statisch-elektrische halb schmerzhafte Schock in seinem telepathischen Sinn. Er rief einen bunt-verschwommenen Fleck hinter seinen Augen hervor. Das verging wieder. Howard Walton starrte seine Hand an. Sie zitterte. Er spürte Übelkeit.

Als Howard Walton einundzwanzig geworden war, hatte der Arzt bei der letzten, endgültigen Untersuchung gesagt: »Kurz vor dem Ende kommen die Schmerzen.«

Es war nicht das Wissen um den Tod allein, das ihn erschreckte: Auch andere Männer starben. Frauen starben, sogar Kinder. Aber er mußte zusammen mit nicht mehr als zwei Dutzend anderen Telepathen, die alle erst vor kurzem die Reife erlangt hatten, einem ungewissen Tod entgegengehen. Es gab keine Präzedenzfälle. Die Natur hatte sich geirrt, wie ein ungeschickter Töpfer, der die unvollkommenen Gefäße gedankenlos beiseite wirft; der Mensch war ihr gegenüber hilflos. Es war das Unbekannte, das die meiste Angst hervorrief. Er rieb sich mit der feuchten Hand die Stirn.

»Hier ist das Bild.«

Howard Walton griff danach. Nachdem sich sein Herz beruhigt hatte, trug er weitere Einzelheiten in den Vordruck ein. Er zwang sich zur Konzentration.

»Welche Haarfarbe hatte sie?«

Als die Frage beantwortet war, blickte Howard Walton hastig auf das zweite Formular und hakte Punkte ab.

»Ihre Augen?«

»Wie ihr Haar.«

»Danke«, sagte Howard Walton. »Sie haben mir sehr geholfen.«

Einen Augenblick später, als er zu seinem Wagen ging, fühlte er sich feuchtkalt. Er öffnete die Wagentür, warf seine Aktentasche hinein, setzte sich ans Steuer, preßte den Rücken an den abgeschabten Sitzbezug, schaute auf die Uhr und beschloß, die Mahlzeit zu verschieben, bis er mit der Schwester der verstorbenen Edith Collins gesprochen hatte, deren Mann vor zwei Wochen an der Ostküste vor einen U-Bahn-Zug gesprungen war.

Er warf einen Blick zurück auf Mr. Merringos Haus und sah im Garten ein schiefes Schild stehen. ›Zu verkaufen!‹ Er fragte sich, woran es lag, daß die Menschen immer sich selbst die Schuld gaben. Statt der Augenfarbe oder dem lieben Gott.

Als er mit dem Fuß auf den Starter drückte, schloß er erschöpft die Augen und erinnerte sich an den negativen Bericht aus Südafrika, der ihm zur Kenntnisnahme zugeleitet worden war. Er war sich des Dünkels bewußt, der darin lag, daß ein einziger Mensch für tausend Quadratmeilen sprach und verschlüsselt mitteilte: ›Hier ist es nicht geschehen‹, nachdem er mit einem Beamten im eleganten weißen Anzug gesprochen hatte. Vielleicht hatte er dabei Gin und Chininwasser getrunken, um eine Krankheit fernzuhalten oder um in einem leichten Rauschzustand zu bleiben, und die hochstehende, heiße Sonne und den flirrenden, dampfenden Urwald hinter den Städten und Farmen und weiten Buschebenen nur halb wahrgenommen.

Er öffnete die Augen und legte den Gang ein. Als der Wagen anrollte, erschuf er die Szene Detail für Detail. Der Häuptling, hochgewachsen, ebenholzschwarz, umgeben von dem armseligen Bambusdorf und seinen unterernährten Untertanen. Vom staubigen Pavillon her schreit ein schweißnasser Ehemann, daß seine Frau bei der Entbindung gestorben ist, und der Häuptling, der halb noch an Geister glaubt, läßt den Medizinmann holen. Gemeinsam gehen sie zu der Stelle, gemeinsam sehen sie das stumme neugeborene Ding, und einen Augenblick später befiehlt der Häuptling: ›Begrabt es‹, während ein Weißer weit von dem Dorf entfernt mit gutturalem Burenakzent erklärt: ›Von solchen Dingen ist hier nichts bekannt, Gott sei Dank.‹

Howard Walton lenkte den Wagen durch den Verkehr zum nächsten Gesprächspartner. Aber die Schwester war nicht zu Hause, und er fuhr, durchgeschwitzt von der Nachmittagshitze, zurück zu seinem Büro.

Er hatte fast das ganze vergangene Jahr von dort aus gearbeitet und zusammen mit Robert Edd versucht, den Rauschgiftschmuggel von Mexiko zu unterbinden. Sie waren dem Unternehmen zugeteilt worden, weil irgend jemand irgendwo entschieden hatte, daß es sich um eine kommunistische Verschwörung handelte. Vor knapp einem Monat waren sie dann dazu bestimmt worden, die plötzlich aufgetretene Mutantenwelle zu untersuchen.

Zwei von den drei FBI-Beamten des Bezirks waren im Büro, als er hereinkam, und sie brachen ihr Gespräch ab und schauten sich verlegen nach ihm um. Er mochte sie nicht, und er wußte, daß das trotz ihres automatischen Lächelns auf Gegenseitigkeit beruhte. Er hatte ihre blasierten, verschlagenen Fragen nie beantwortet: ›Was denkt die Puppe da drüben? Ich möchte wissen, ob sie vielleicht gerade ans —‹ Das veranlaßte ihn stets, sich in sich selbst zu verkriechen. Er war unfähig, den Morast bewußter, den Wirrwarr halbbewußter Gedanken und die tieferen, gefühlsgefärbten Aufwallungen zu erklären, aus denen das menschliche Denken bestand: den vereinten Fluß von Hoffnung und Liebe und Großzügigkeit, der das Gemisch von Verzweiflung und Haß und Selbstsucht durchschnitt.

Er legte die Aktentasche auf den Schreibtisch und nahm die Formulare heraus. Seine Urlaubsgenehmigung war nicht zurückgekommen.

»Ich hätte den Kerl für Sie überprüfen können«, sagte einer der FBI-Beamten.

Ohne aufzublicken, erklärte Howard Walton: »Ich hatte nichts Besseres zu tun.«

Nach einer Verlegenheitspause meinte ein anderer: »Was Neues gefunden?«

Howard Walton hob die Schultern. Sein Rücken juckte.

»Kann ich nicht sagen.«

»Okay, okay. Ich frage ja nur. Schon gut.«

Angespannt und gereizt ballte Howard Walton die Fäuste.

»Ich glaube nicht –« Er verstummte. Er hatte in sinnlosem Zorn sagen wollen: Ich glaube nicht, daß Sie etwas davon wissen, und ich glaube nicht, daß sich das jemals ändern wird! »Lassen wir's«, sagte er statt dessen.

»Es war die Bombe«, sagte der erste FBI-Mann.

Howard Walton blieb stumm und fragte sich, welche der etwa hundert Bomben er meinte. Wahrscheinlich die chinesische.

»Glauben Sie das nicht?«

Howard Walton schwieg.

Der Fernschreiber in der Ecke begann zu rattern, und die beiden FBI-Männer gingen darauf zu. Der Bogen schob sich unter den ratternden Typen heraus. Er war mit verschlüsselten Zahlengruppen bedeckt.

»Der Bericht aus Tokio über Ihr Thema«, sagte einer von ihnen zu Walton. »Wollen Sie ihn sich ansehen, wenn er entschlüsselt ist?«

»Nein«, sagte Howard Walton.

Fast vierzig Jahre nach dem Bombenpilz von Alamogordo prüfte man in Phoenix nach, sprach hoffnungsvoll mit Bewohnern des Bikini-Atolls, mit Bürgern von Las Vegas und Nomé. Während aus geheimen Quellen Berichte von Mexiko, Kanada, England, Frankreich, Deutschland einliefen ... In weniger als vier Wochen Tausende von unauffälligen Erkundungen, ohne jede Erwähnung in der Weltpresse, während nervöse Männer in Washington und anderswo Nadeln in Karten steckten und Kreise zogen.

›Klären, ob sie in Japan auch vorkommen‹, hatten sie zweifellos befohlen, um zu beweisen, daß ein paar Atomexplosionen einen langsamen genetischen Verfall hervorriefen.

Während Rußland vom überrannten Jugoslawien aus gegen ein faschistisches Griechenland tobte, während Westdeutschland sich gegen die leichten Zügel der Alliierten aufbäumte. Und die geteilte Welt zitterte wartend, und jede Maßnahme war ein potentieller Funke für die Lunte.

Howard Walton erinnerte sich, vom Zollgebäude aus über Yokohama hinausgeblickt zu haben: auf die Fischerboote und Lastkähne, die sich im verschlammten Kanal drängten (oder war das drüben am Sakurigecho-Bahnhof gewesen, wo man den Zug nach Tokio bestieg?), während er das Rattern der Flaschenzüge und das Surren der Kabel in den Docks gehört hatte. In der Luft hatte ein süßlicher, nicht sehr angenehmer Fischgeruch gehangen. Die Bewohner sagten mürrisch-höflich: ›Haso-deska?‹ und ›Harigato‹, weil sie weder Amerikaner noch Telepathen mochten, und verbeugten sich tief ohne Anlaß. Sie beunruhigten Howard Walton, weil er nie sicher sein konnte, daß er sie verstand.

In den letzten Monaten hatten sie wahrscheinlich Dinge auf ihren eigenartigen Buddhisten-Friedhöfen begraben und Totemstöcke über das Unbekannte in ihren Toren der Ewigkeit gepflanzt. Und vermutlich auch im kalten, nördlichen Hokkaido, auf der anderen Seite der schmalen Meeresstraße der Festung Sachalin, häuften die Ainu Schnee auf mißgestaltete Mutanten und schwiegen, während im südlichen Teil ein hawaiianischer Dolmetscher im Auftrag der US-Regierung einem Bürokraten, der den Anweisungen seiner eigenen Regierung folgte, höfliche Fragen stellte und die respektvolle Antwort erhielt: »Hier hat es auch keine solchen Meldungen gegeben.«

Plötzlich fühlte Howard Walton die Unermeßlichkeit des Problems und die Sinnlosigkeit, eine einfache Erklärung im Rahmen dessen zu suchen, wie die Dinge sich ereignen sollten oder sich eigentlich stets ereignet hatten. Die Bombe war nicht die Ursache. Es hatte schon Ende der dreißiger Jahre eine Zunahme der Mutanten gegeben: mißgebildete Kälber, merkwürdige Insekten, ausgefallene Weizenarten und später Fliegen, die gegen DDT und alle anderen Insektenvertilgungsmittel immun waren. Und der wachsende Prozentsatz erblicher Krebsleiden. Die frühe, beginnende Welle war, isoliert betrachtet, einfach zu erklären – denn jeder hätte höchstens belustigt über das bizarre Tier gelacht, das 1951 in Los Angeles entdeckt worden war, halb Waschbär, halb Biber; und wenige Leute hätten ernsthaft eine wohlbegründete Theorie angezweifelt, nur weil etwas, was fast wie ein Wal aussah, tot an der Küste von Oregon angeschwemmt worden war – tot vielleicht wegen Nichtanpassungsfähigkeit?

Die FBI-Beamten starrten ihn mürrisch an.

»Ich gehe nach Hause«, sagte er. »Sie haben meine Telefonnummer, falls Sie mich brauchen.« Er war wütend auf sie und zornig darüber, daß sein Urlaubsgesuch noch nicht genehmigt worden war.

Es war still im Büro. Einer der FBI-Beamten ging auf den Schreibtisch mit den Formularen zu, und Howard Walton fragte, ohne ihn anzusehen: »Was suchen Sie?«

Der FBI-Mann blieb verwirrt stehen.

»Meine Frau erwartet ein Kind.«

Wieder Mitleid, das er nicht fühlen wollte. Er wußte, daß er eigentlich etwas von Sicherheitsbestimmungen sagen sollte, aber dann schämte er sich.

»Die Chancen stehen zehntausend zu eins, daß Ihre Frau ein normales Kind bekommt.«

Der FBI-Beamte sagte nichts.

»Es hat keinen Sinn, sich vorher den Kopf zu zerbrechen.« Howard Walton griff nach seiner Brieftasche. Sie sahen ihn feindselig an. »Ich bin zu Hause zu erreichen«, sagte er. Er ging zur Tür. Er spürte ihre anklagenden Blicke im Rücken. Ich kann nichts dafür, wollte er protestieren. Er blieb stehen, die Hand am Türknopf, schon entschlossen, sich umzudrehen und zu widersprechen. Dann öffnete er die Tür und ging zum Lift.

Als er in den Sonnenschein hinaustrat, begegnete er seinem Kollegen, dem Telepathen Robert Edd.

»Ah, Walton!«

Howard Walton starrte ihn an und spürte plötzlich Angst.

»Was ist passiert?«

»Hier. Lesen Sie das!« Robert Edd drückte ihm Unterlagen in die Hand.

Howard Walton griff danach.

»Hören Sie, ich habe starke Kopfschmerzen, und –«

»Nicht mit mir denken!« sagte Robert Edd beinahe hysterisch, als Howard Walton auf das Sprechen zu verzichten begann.

»Was, zum –?«

Robert Edd standen Schweißwerlen auf der Oberlippe. Er öffnete den Mund, um zu sprechen.

Howard Walton spürte erneut das hohe, schrille, unangenehme Summen. Es war jetzt schärfer und bedrohlicher, wie Zahnschmerz. Er fröstelte trotz der Hitze. Und Robert Edds Augen wirkten plötzlich glasig. Howard Walton kam es einen Augenblick lang so vor, als habe er es auch gespürt.

»Keine Zeit zum Reden«, sagte Robert Edd. Er drehte sich um und stürmte die Treppe hinauf.

»Warten Sie!« rief ihm Howard Walton nach. Aber Robert Edd war bereits verschwunden. Howard Walton starrte ihm unentschlossen nach. Was hat er denn? dachte er zornig. Dann blickte er auf die Unterlagen in seinen Händen. Ein Obduktionsbericht. Er atmete auf; es handelte sich um die neuen Mutanten. Er hatte schon befürchtet ... Zum Teufel mit Edd, wenn er sich so merkwürdig benahm!

Er ging zum Wagen, setzte sich ans Steuer und überflog gleichgültig die Seiten.

Die Geburt war typisch gewesen. Wie immer, war die Mutter gestorben – diesmal trotz eines Kaiserschnitts. Der Mutant wirkte, wie üblich, wie eine Frühgeburt.

Er war wenige Minuten nach seiner Mutter gestorben. Die Obduktion hatte ergeben, daß das Herz etwas größer als normal war und eine zusätzliche Kammer besaß; die Hoden waren in der Leistenbeuge eingeklemmt, so daß, hätte das Wesen überlebt, mit Unfruchtbarkeit zu rechnen gewesen wäre; die Nebennierenrinde war völlig abgelöst und hatte sich verschoben; der Blinddarm fehlte, mehrere andere Rudimentorgane waren verkümmert; die Drüsen, vor allem Hypophyse und Schilddrüse, waren stark vergrößert; andere Organe waren verlagert, der Magen war viel kleiner und mit einer viel dickeren Schleimhaut ausgestattet als normal.

Zwischen der Medulla oblongata und dem eigentlichen Rückenmark schien es ein winziges, zusätzliches Gehirnsegment zu geben – vielleicht potentiell telepathisch –, und die beiden Gehirnhälften waren stärker miteinander verbunden. Das Nervensystem war äußerst komplex. Das Knochenskelett erschien verkürzt; zwei Rippenpaare fehlten. Und die Lederhaut besaß Fettablagerungen. Die Körpertemperatur war abnorm niedrig gewesen.

Als er den Bericht zu Ende gelesen hatte, lehnte er sich zurück und schloß die Augen. Er fühlte sich einen Augenblick lang mit dem armen, toten Wesen verwandt. Dann wurde er unsicher. Er fuhr mit der Zunge über trockene Lippen und fragte sich, weshalb Robert Edd gewünscht hatte, daß er den Bericht las.

Er wollte aussteigen.

Plötzlich nahmen die Kopfschmerzen zu, und die Schwäche wurde immer schlimmer. Zum Teufel mit ihm, dachte er. Ein Gefühl der Sinnlosigkeit überkam ihn. Still und leise trafen aus tausend Krankenhäusern die Berichte ein. Was konnte man dagegen schon tun?

Selbst wenn ein körperliches Merkmal mit den angesteckten Genen verbunden war – konnte der Staat die Entstehung des verdächtigen Wesens verhindern? Was würde geschehen, wenn die Regierung die Mutantenwelle bekanntgab? Konnte das nicht der internationale Funke sein? Mit jedem Tag wurde das Gleichgewicht unsicherer, und das kritische Europa schwankte in seiner Loyalität, brauchte nur noch einen Anstoß zum Chaos, auf das die Neostalinisten warteten. Über Nacht konnte sich eine Anti-Bomben-Hysterie entwickeln, wenn die Menschen auf der ganzen Welt, die nach einer Erklärung suchten, auf die kürzlichen Versuche der Amerikaner in Alaska verwiesen.

Er empfand plötzlich Ekel vor der ganzen Menschheit.

Aber mit dem Ekel kam auch das Gefühl der Verbundenheit. Noch während er sagen wollte: Eure Kämpfe sind nicht meine Kämpfe, wußte er, daß das nicht stimmte.

Als er im Regierungsauftrag einmal in Italien gewesen war, diesmal, um eine Schlüsselfigur durch ein Attentat zu beseitigen und einen Bruch mit Moskau herbeizuführen – eine Mission, die durch Fehlkalkulation gescheitert war –, hatte er einen Menschen von seiner eigenen Art als Gegner getroffen, und als er dem fremden Telepathen gegenüberstand, begriff er, daß sie aus verschiedenen Welten stammten, aus menschlichen Welten, denen sie sich, eigentlich ohne es richtig zu wollen, angeschlossen hatten. Howard Walton hatte den fremden Telepathen umgebracht.

Zum Teufel damit, dachte er. Ich werde sterben.

Endlich war es ausgesprochen.

Ich werde sterben, dachte er traurig. Er dachte an eine warme Frühlingsnacht, als er noch zur Oberschule gegangen war.

Was spielt noch eine Rolle? dachte er. Ich möchte wissen, wie lange es noch dauert. Er hätte am liebsten geweint. Er haßte das Ding an seiner Stirn, das zu schmerzen angefangen hatte. Wie bald?

Er wollte ganz allein sein.

Er ließ den Motor an. Er legte den Gang ein.

Langsam fuhr er den Weg zurück, den er gekommen war. Warum müssen ich und diese armen, toten Wesen, die jeden Tag geboren werden, von den Ursachen unserer Andersartigkeit verfolgt werden? dachte er. Das ist nicht gerecht.

Am Stadtrand spürte er Frieden und Kraft, Macht und Zufriedenheit. Er starrte fasziniert auf den Friedhof. Und plötzlich erschien ihm der Tod beinahe angenehm. Sich auszuruhen in der kühlen, süßen Erde ...

Sein telepathisches Organ erbebte. Es gab keinen Schmerz mehr, nur gesteigertes Bewußtsein. Er zog die Brauen noch einmal zusammen, beinahe ... was? Der Schmerz verflog, war vorbei. Danach kam neue Ruhe; er fühlte sich wohler als den ganzen Tag vorher.

Als er vor seinem Haus aus dem Wagen stieg, spürte er Gedanken an sein Gehirn heranfliegen und ausweichen, bevor er sie einfangen konnte.

Seine Hände waren feucht. Er rannte halb ins Wohnzimmer. Er mußte Robert Edd anrufen. Er begriff plötzlich die Bedeutung des Obduktionsberichts.

Das Telefon schrillte.

»Walton? Walton, alles in Ordnung?« fragte die Stimme, als er den Hörer abnahm.

»Alles in Ordnung«, sagte er.

»Gott sei Dank! Hier ist Kenny im Büro. Hören Sie zu. Edd ist tot. Er brach an der Tür zusammen, gleich nachdem Sie gegangen waren.«

»Nein«, sagte Walton dumpf.

»Und wir haben eben ein Fernschreiben bekommen. Die Hälfte der anderen Telepathen ist in den letzten vierundzwanzig Stunden gestorben.«

Der Hörer in Howard Waltons Hand war eiskalt.

»Bleiben Sie, wo Sie sind. Ich schicke Ihnen sofort einen Arzt, der Sie untersucht. Nicht weggehen.«

»Nein«, sagte er. Seine Stirn pulsierte. »Hören Sie, Kenny, um Gottes willen, hören Sie mir zu!«

Kenny hatte aufgelegt.

Howard Walton rüttelte an der Gabel.

»Vermittlung! Vermittlung!« schrie er. Seine Hände zitterten hilflos.

In seinem Kopf summte es immer stärker, und plötzlich lauschte er entsetzt Gedanken, die er nicht hören wollte. Sie waren eisig, kalt, unbarmherzig, fremdartig.

Er mußte die Vermittlung verständigen, bevor es zu spät war.

»Vermittlung!« kreischte er.

Hast du ihn erreicht? kam der Gedanke oder der Sinn, denn er war nicht in Worte gekleidet.

Ja, war die Antwort.

Gut.

Er ist eben durchgebrochen.

Gut.

Gut.

Gut.

Howard Walton spürte, wie sich die Schaltkreise auf der ganzen Welt zu öffnen begannen. Howard Walton erinnerte sich daran, wie sie aussahen, erinnerte sich an die einzige, die er gesehen hatte, eine Frau in einem aseptischen Raum in einer Klinik. Er begann vor Entsetzen zu weinen.

Ich werde verbrannt, kreischte eine Stimme in höchster Qual aus Indien, und dann starb der Geist dahinter.

Sie zerschneiden mich!

»Hallo! Hallo! Hallo!« schrie Howard Walton in die Muschel.

Ich habe den Herzschlag angehalten, um mich dir anzuschließen, kam der Gedanke aus England.

»Hören Sie!« brüllte Howard Walton ins Telefon.

Noch einer ist durchgestoßen! Haltet ihn auf! kam der Gedanke.

Howard Walton spürte, wie sein Gehirn zerfetzt und zermalmt wurde. Seine Augen brachen, sein gefühlloser Körper stürzte zu Boden, und die Mutantengedanken zerrten und fetzten an seinem Geist.

»Hallo? Hallo?« sagte die Vermittlung.

Wir erleiden überall schwerste Verluste! Ich kann es nicht aushalten! Es ist zu gräßlich!

Ruhig, ruhig, laß uns nachdenken . . .

Selbst bei diesen Verlusten, bei der Geschwindigkeit, mit der wir vorankommen . . .

Wie lange?

Zählen wir.

Und die Antwort der Unsezierten und der Nichteinbalsamierten rollte heran von Nord- und Südamerika, von Europa und Asien, gezählt, der Reihe nach.

Wir können notfalls viele Jahre warten –

Howard Walton konnte nichts fühlen, und sein Bewußtsein tropfte zu eisigem Lachen davon.

Lange Zeit.

Bis es genug von uns gibt.

Warten . . .

Und stärker werden . . .

Und zahlreich werden . . .

In Frankreich, China, Deutschland, Rußland, Japan, Irland, Italien, Österreich, Brasilien . . .

Wir wollen uns ausruhen und warten . . .

Howard Walton war tot. Die Vermittlung sagte immer wieder: »Was wollen Sie? Was wollen Sie?«

In unseren geheimen Gräbern . . .

In der weichen, weichen Erde . . .

»Ja, meine Liebe, ich nehme noch einen«, sagte Ivy McCord zur Kellnerin. »Für einen habe ich doch sicher noch Zeit«, sagte sie zu Mildred Breen. »Ich glaube nicht, daß drei zuviel sind, oder? Schließlich ist in jedem nur so wenig Whisky.« Sie zeigte die Menge zwischen Daumen und Zeigefinger an, dann zog sie den Handschuh herunter und schaute auf ihre Miniaturarmbanduhr.

Mildred drehte das Glas mit dem Rest ihres ersten Old Fashioned.

»Du findest natürlich, daß drei Cocktails zuviel sind, nicht wahr?« meinte Ivy, während sie die nylonbestrumpften Beine übereinanderschlug.

»Nein«, sagte Mildred sanft.

Ivy begann nervös mit dem Bein zu wippen.

»Du wolltest vorhin sagen –?«

»Du langweilst dich, nicht wahr?« fragte Mildred.

Ivy zögerte den Bruchteil einer Sekunde, dann reagierte sie mit einem Achselzucken.

Die Kellnerin brachte den Cocktail. Ivy öffnete die rote Handtasche und zählte den Betrag ab.

»Danke, meine Liebe«, sagte sie, ohne ein Trinkgeld zu geben.

Nachdem die Kellnerin gegangen war, sagte Mildred: »Du solltest wirklich zu den Versammlungen kommen.«

Ivy betrachtete ihr Glas und schob belustigt die Lippen vor. »Ralph hat dich gebeten, mit mir zu sprechen.«

Mildred schwieg.

»Na ja«, sagte Ivy teilnahmslos.

»Also gut, Ralph hat mich darum gebeten.«

»Es spielt keine Rolle, meine Liebe. Du kennst mich seit Jahren. Du hast das Recht, mit mir über alles zu sprechen.« Sie leerte ihr Glas zur Hälfte.

»Die Sache ist die, du solltest dich nicht langweilen.«

Ivy stellte ihr Glas neben den Untersatz; es hinterließ auf dem Stoff einen feuchten Ring.

»Hat Ralph dich angerufen? Oder habt ihr euch irgendwo getroffen?«

Mildred biß sich verärgert auf die Unterlippe.

»Einfach lächerlich«, sagte Ivy und griff nach dem Glas. Ihr Bein wippte unaufhörlich. »Anders kann ich es nicht nennen.« Sie leerte das Glas und ließ die Cocktailkirsche liegen. »Mit mir ist alles in Ordnung.« Sie zündete sich nervös eine Zigarette an und blies den Rauch an die Decke.

Mildred schob ihr Glas weg.

»Eigentlich wollte ich schon mit dir sprechen, bevor Ralph mich angerufen hat. Ich wollte dich fragen, ob du am Wochenende mit mir einen kleinen Ausflug in die Adirondack-Berge machst. Die Kinder sind nicht da, und Kurt muß noch den ganzen Monat in Kanada bleiben. Es wäre doch schön, wenn wir uns einmal wieder gemütlich zusammensetzen könnten.«

Ivy starrte mit großen, runden Augen ins Leere.

»Vielen Dank, meine Liebe, aber wenn es dir nichts ausmacht, ich würde mich die ganze Zeit über nur tödlich langweilen. Ich bin überzeugt, du verstehst das –« Sie rollte träge ihren Handschuh zurück und zog wieder ihre Uhr zu Rate. »Ich muß aber jetzt wirklich gehen, es ist fast Zeit für Chinwell.« Sie stand auf und lächelte zerstreut. »Ich weiß, daß du mich verstehst.« Sie zerrte an ihrem Handschuh. »Ich möchte ihn nicht verpassen. Du entschuldigst mich doch hoffentlich? Na dann, auf Wiedersehen –«

»Auf Wiedersehen«, sagte Mildred.

Ivy drehte sich um und verließ mit schnellen Schritten das Lokal. Ihre Hüften bewegten sich in entschlossenem Schwung.

Ralph McCord arbeitete mit einer Zigarette im Mundwinkel. Zu Hause rauchte er Pfeife, aber bei der Arbeit war ihm die Mühe zu groß. Sein Bleistift glitt rasch über das Papier und teilte das Manuskript der Rede in repräsentative Abschnitte auf. Zweimal zog er die kompensierten Wortzählungs- und Rhetorik-Indextafeln neben sich zu Rate. Mit Hilfe eines Zufallsdiagramms wählte er fünf kurze Probeabsätze aus jedem repräsentativen Abschnitt aus, indem er sie mit fünf Farben kennzeichnete: blau für den semantischen Inhalt, rot für logische Entwicklung, grün für emotionelle Wiedergabequalität, braun für kulturelle Integration und schwarz für psychologische Konstanten. Als er damit fertig war, übertrug er die Auszüge den Farben entsprechend.

Er schob das Originalmanuskript in den Archivschrank an der anderen Zimmerwand. Im Gegensatz zu den Mitarbeitern in der Nachrichtenabteilung und in der Buchabteilung brauchte Ralph nicht jeden zweiten Tag Material zu entnehmen, um den Index der erreichten Zuhörer zu verändern. Die Redeabteilung hatte es, abgesehen von Wiederholungen, mit einer einmal festgesetzten, unveränderlichen Zuhörerzahl zu tun, so daß sie die Abteilung war, in der die Manuskriptarchivierung am einfachsten vor sich ging. Aus diesem Grund besaß die Abteilung auch die geordnetsten Archive.

Nachdem er den Schrank abgesperrt hatte, begann er mit der Verteilung der Auszüge an die entsprechenden Räume zur numerischen Umwandlung.

Von ihm wurde verlangt, daß er die grünen Auszüge selbst bearbeitete. Nachdem er die blauen und roten Auszüge verteilt hatte, betrat er den grünen Raum, fand das richtige Direkt-Rede-Tonband in der Tagesbibliothek, legte es in den Synchronisator ein, schob seinen Auszug dazu, drehte an den Schaltern, drückte eine Taste – und wartete.

Ein wirres, hohes Schnattern kündigte den schnellen Rücklauf an, und an der rechten Seite des Synchronisators kam das Auszugsband ruckweise heraus. Er schnitt es ab, als die schnelle Rückspulung beendete war, und führte es zur numerischen Umwandlung in den Rede-Analysator ein. Augenblicke später erhielt er das Endergebnis, das er auf den Stapel ähnlicher Resultate in den Auslaufkorb des grünen Zimmers legte. Er klappte den Deckel zu, schob den Traggurt über seine Schulter und setzte seine Runde fort.

Als er den schwarzen, den letzten Raum betrat, sagte er: »Dreißig für heute, Mike.«

»Gut«, sagte der Angestellte, der die Auszugseite an sich nahm, mit seinem Diagramm verglich und an den Operator weitergab, der mit der komplizierten Verteilung begann. »Wenn du fertig bist, dann bleib noch einen Augenblick hier. Wir gehen gemeinsam hinauf und hören uns Chinwells neueste Rede an.«

Der Operator beendete die Verteilung; er gab die Arbeit an seinen Gehilfen weiter, der die Resultate durch den numerischen Umwandler laufen ließ.

»Wir erledigen das noch«, sagte Mike, »dann kann ich meinen Auslaufkorb ebenfalls in der Zentrale abliefern.«

Der Gehilfe des Operators brachte den Streifen. Der Auszug las sich nun genauso wie alle anderen umgewandelten Auszüge, er war zu einer Ziffernreihe geworden: 0010001, 1001000, 1111101.

»Fein«, sagte Mike und legte ihn in seinen Auslaufkorb. Er stand auf. »Gehen wir.«

Für jede Abteilung, die Informationen sammelte, gab es eine Eingabezentrale und zusätzlich noch vier Ausgabe- oder Fragezentralen, durch welche die Maschine ihr gespeichertes Wissen vermittelte. Diese Zentralen standen in Verbindung mit dem riesigen, isolierten Gebäude auf Knob Hill, wo die Maschine selbst untergebracht war.

In der Redezentrale wie in den anderen Eingabezentralen wurden die fünf Farbauszüge – die Zahl war von Zentrale zu Zentrale verschieden – direkt in die Sendeschaltwände getippt, die Arbeit der Eingabezentrale war getan, die Maschine auf dem laufenden.

Mike und Ralph lieferten ihre Auslaufkörbe ab, und die Frau am Pult hakte die beiden Zimmer ab.

»Wenn Sie ein paar Sekunden warten, es ist fast Zeit für den Sicherheitsbericht«, sagte sie lächelnd.

Mike warf Ralph einen Blick zu.

»Willst du warten? Ist wohl das Beste.«

»Einverstanden.«

»Sie würden staunen«, sagte die Frau und sortierte die Streifen in kleine Stapel, »wieviel Interesse Chinwell erweckt. O je!« Sie schob einen Stapel zurecht. »Erst gestern sagte Julia, meine kleine Tochter, zu mir –«

»Die Warnlampe«, unterbrach Mike.

An der gegenüberliegenden Saalwand blinkte die Lampe. Die Wandtafel öffnete sich lautlos und gab den Bildschirmanschluß der Maschine frei. Eingabeoperatoren hörten auf zu tippen, und die Aufsichtführende unterbrach ihr Gespräch mit dem Reparaturtechniker, der sich bemühte, einen Eingabeschreiber wieder anzuschließen. Alle Tätigkeiten wurden eingestellt; alle Augen richteten sich auf den Bildschirm.

Man hörte ein leises Summen, dann leuchtete die Loyalitätskurve auf der Graphik auf. Die rote Linie verlief nach unten, und die Ergebnisse des Vortags wurden am offenen Ende reliefartig hervorgehoben. Die Linie erstreckte sich vom rechten Bezugspunkt, Prämaschine 5, bis knapp unter zweieinhalb: Damit wurde seit der Existenz der Maschine eine halbierte Funktion angezeigt.

»Sie hält sich«, sagte Mike.

Die Frau am Pult blickte über seine Schulter und sagte: »Nein, sie geht sogar etwas nach unten – aber nicht viel.«

Die Loyalitätskurve waberte und verschwand; die Tafel schloß sich; die Maschine hatte ihren Herren berichtet.

Mehr zu sich selbst sagte Ralph: »Man möchte meinen, daß sie steigt.«

»Mal sehen, was der alte Knabe zu sagen hat«, meinte Mike befriedigt.

Als sie den Korridor entlanggingen, sagte Ralph nachdenklich: »Eigentlich albern von ihm, soviel Energie aufzuwenden. Er muß doch wissen, daß es nichts nützt.«

»Die verrückte Minderheit«, sagte Mike.

Ralph, Ivy McCords Ehemann, starrte auf den polierten Boden und schwieg.

»Ich bin froh, daß wir sie auf zweieinhalb Prozent gedrückt haben«, erklärte Mike.

Im Monitorraum befanden sich ungewöhnlich viele Leute. Der Haupttonaufzeichner drehte sich lautlos und war direkt mit dem Empfänger verbunden; ein Kopiergerät summte leise an einer zweiten Direktleitung, und an einer dritten spulte die Aufnahmekamera Film ab – zur Kontrolle der Hauptoptik, deren Arbeit eng mit der Redeabteilung zusammenhing.

Im übrigen war es, abgesehen von Chinwells Stimme, still im Raum, und es gab, abgesehen von seinem kinetischen Bild, keine Bewegung.

Die beiden Männer gingen eilig zur Rückwand und drückten zwei Sitze hinunter, nahmen Platz und verfolgten so gespannt wie die anderen, was sich abspielte.

Ein Zuschauer blickte sich nervös um und betrachtete argwöhnisch die angespannten Gesichter, als wollte er sagen: Läßt du dich bekehren, du mit dem blonden Haarschopf und dem zu schlaffen Mund? Als versuche er in ein Geheimnis einzudringen, das selbst der Maschine verschlossen blieb. Welche würden es sein? – Die Maschine teilte anderes mit: die Zahl der Menschen, die während des nächsten Vierteljahrs Selbstmord begehen würden; den Prozentsatz derjenigen, die mit Erreichen des 65. Lebensjahres sterben würden. – Der Mann schaute sich um, studierte die Gesichter und schien zu denken: Wer? Du? Du? Du? Oder – ich?

Ralph fröstelte beim Zuhören, dann war die Rede vorbei, das Leben beschleunigte mit jedem Ticken der Uhr, und die Augen kehrten aus dem Traumzustand zurück.

»Das eine muß man ihm lassen«, sagte Mike, »er ist ein erstklassiger Showman.«

»Man sollte ihn nicht so reden lassen!«

»Du meinst, man sollte ihn in den Untergrund treiben?«

»Ich weiß«, sagte Ralph müde. »Ich habe ›Der Revolutionär‹ auch gelesen.«

›Der Revolutionär‹ enthielt über das Thema der Unterdrückung folgenden Absatz:

›Ein Revolutionär ist von Natur aus ein Exhibitionist, und er wird seine sämtlichen Absichten offen verkünden, falls nicht drastische Zwangsmaßnahmen ergriffen werden. Solche Maßnahmen neigen jedoch aus drei Hauptgründen dazu, sich in ihrer Wirkung selbst aufzuheben: Indem sie den lässigen Freiheitsraum einschränken, fördern sie konformes Verhalten und schließlich die Mittelmäßigkeit; die Verfolgung erregt bei einem gewissen Teil der Bevölkerung Sympathie für die Sache selbst, wo ohne Verfolgung keine Sympathie vorhanden wäre; und drittens erschweren repressive Maßnahmen, die Wirkung des Revolutionärs auf das Klima der öffentlichen Meinung zu erkennen. Demzufolge sollte Unterdrückung nur in einer Zwanzig-Situation erfolgen, wenn das Bestehen der Regierung tatsächlich gefährdet ist, und auch dann nur so lange, bis das Klima der öffentlichen Meinung sein natürliches Gleichgewicht wiedergefunden hat. Psychologisch ist zu beachten, daß der Revolutionär versuchen kann, Unterdrückungsmaßnahmen zu erzwingen, indem er um so radikaler wird, je geringer die Unterstützung in der Öffentlichkeit erscheint – ein Versuch, der im Falle des Erfolges nur dazu dienen würde, den Revolutionär zum Ausgleich des persönlichen Versagens mit dem Märtyrertum zu belohnen.‹

»Nein«, sagte Ralph und nahm nach einer Pause seine Gedanken wieder auf, »ich weiß wohl selbst nicht recht, was ich gemeint habe. Es kommt mir nur so vor, daß er auf diese Weise alle – die ganze verrückte Minderheit erreicht.«

»Na und?«

Ralph antwortete nicht. Er begann automatisch eine glockenförmige Kurve auf sein Hosenbein zu zeichnen: die nützliche Figur, die das Vorkommen von Schwachsinnigen und Genies, von Totalitaristen und Anarchisten, von Anhängern Chinwells und blinden Anbetern der Maschine für eine bestimmte Kultur anzeigte. Er fuhr mit dem Fingernagel über einen Ausläufer der Kurve.

»Zweieinhalb Prozent.«

»Wie?«

»Nichts.«

Er fuhr mit dem Finger lässig die leichte Ausbuchtung hinauf, bis hin zum Maximum von zwanzig Prozent; jenseits davon lag ein revolutionäres Meinungsklima.

»Ich habe an die Leute gedacht, die er täglich bekehrt.«

Mike sah ihn achselzuckend an. »Ein paar Leute spielen keine Rolle; der Gesamtprozentsatz sinkt.«

»Verdammt!« fauchte Ralph. »Wie wäre dir zumute, wenn du das Gefühl haben müßtest, daß ihm jemand zu glauben beginnt, den du kennst? Es würde nicht viel nützen, sich immer wieder vorzusagen, daß es sich lediglich um eine Ziffer, um eine Einheit in einer Statistik handelt!«

»Sicher nicht.«

Mit nervösen Bewegungen blätterte Ralph in den Seiten eines Statistikbulletins, das neben ihm auf einem Tisch lag; er blickte auf die sorgfältige Zusammenstellung begründeter Schlußfolgerungen, die so gültig wie die Fakten selbst waren, ohne sie richtig zu sehen.

»Ach, Mist«, sagte er. »Ich bin einfach schlecht gelaunt. Manchmal macht einen das fertig. Alles. Laß nur.«

»Klar. Chinwell ist nur ein Sturm im Wasserglas.«

»Nicht für das Wasser im Glas«, sagte Ralph leise.

Zu Hause las Ivy die Zeitung, als Ralph hereinkam. Sie blätterte träge um.

»Hallo.«

»Hallo«, sagte er.

Sie sah nicht auf, als er durch das Zimmer zu seinem Sessel ging. Sie blätterte wieder um.

Er ließ sich im Sessel nieder. Er zündete langsam seine Pfeife an und achtete sorgfältig darauf, daß der Tabak gleichmäßig brannte; er sog ruhig an der Pfeife und betrachtete Ivy. Als der Tabak zu Asche geworden war, klopfte er die Reste in einen Plastikaschenbecher, wo sie vor sich hin glommen.

»Was liest du?« fragte er.

Sie raschelte mit der Zeitung.

»Über jemanden in Afrika, die Zeitung nennt ihn den ›Kleinen Chinwell‹.«

»Ich habe ihn heute gehört«, sagte Ralph. »Ich fand die Rede nicht so besonders.«

»Hier ist auch ein Artikel über einen Mann in Polen«, sagte sie. »Czerniak, der Prophet.« Sie faltete die Zeitung zusammen und legte sie auf die Stuhllehne. »Siehst du. Es gibt eine ganze Menge Leute.« Plötzlich begannen ihre großen, leeren Augen erregt zu funkeln. »Siehst du. Es gibt viele Leute, die wie Chinwell denken.«

»Nicht viele«, sagte er ruhig.

»Woher kannst du das wissen?«

»Die Maschine –«

»Was die Maschine sagt, ist mir ganz egal, ich meine, woher kannst du so etwas *wissen*? Woher weiß sie es?«

Er zerdrückte den glimmenden Tabakrest.

»Ist Milly heute nachmittag vorbeigekommen?«

»Ja.«

»So?«

Gereizt griff Ivy wieder nach der Zeitung; sie begann damit zu spielen, faltete eine Ecke nach innen, faltete sie ein zweites Mal zusammen. Sie strich die Falten glatt.

»Hat sie dich gebeten, mit ihr in die Adirondack-Berge zu fahren?«

»Ja«, sagte Ivy scharf und preßte den Fingernagel auf die letzte Falte.

»Und was hast du gesagt?«

»Nein.«

Ralph stand auf. Er trat an ihren Stuhl und blickte auf sie hinunter.

»Nein!« wiederholte sie mit Nachdruck.

»Es gibt da einiges, worüber wir sprechen müssen.«

Resigniert legte sie die Zeitung weg. Sie griff nach einer

Zigarette. Als sie sie anzündete, zitterte ihre Hand. Sie blies Rauch in sein Gesicht.

»Nur zu.«

»Du veränderst dich, Ivy.«

»So?« sagte sie wegwerfend.

»Hast du heute wieder Chinwell zugehört?«

»Ja«, gab sie ebenso gleichgültig zu.

»Hör mir zu, Ivy. Glaubst du, was er sagt?«

»Daß die Maschine etwas Böses ist?«

»Und anderes.«

»Ich weiß nicht«, sagte sie.

»Was soll das heißen, du weißt es nicht?«

»Was ich gesagt habe!« fauchte sie und drückte verärgert die Zigarette aus. »Und wenn ich ihm nun glaube? Was dann? Manches von dem, was er sagt –«

»Zum Beispiel?«

»Ich weiß nicht ... Ach, daß sich der moderne Mensch langweilt. Daß das Leben zu geordnet ist. Daß die Maschine dem Leben den ganzen Spaß nimmt.«

Er ging an die Rückwand und begann das Colberginal zu betrachten, ein Geschenk von Ivys Eltern. Es war ein impressionistisches Bild aus Colbergs schwarzer Periode. Halblicht glänzte auf stumpfem Metall in der Mitte, und Schatten tönten das Metall zu eigenartiger, lebendiger, kraftvoller Rundheit, so als besitze es eine menschliche Qualität, eine Weichheit, Verstehen, zusätzlich zu seiner kalten, metallischen Existenz. Im Hintergrund zeigte sich ein blutrotes Drahtfiligran: gewissermaßen ein lebendiges Kreislaufsystem für das Metall in der Mitte.

»Bevor du angefangen hast, ihm zuzuhören, hast du dich nie gelangweilt«, sagte er.

»Doch«, sagte sie, »ich glaube doch. Ich habe nur nicht gewußt, was mit mir los ist. Er scheint einem die Augen für die Dinge zu öffnen, dich dir selbst auf eine Weise zu erklären, wie du dich vorher nie begriffen hast.«

Er folgte dem schimmernden Metall in die Schatten, versuchte, die scharfen Umrisse zu erkennen, die vorhanden sein mußten, aber weggeschmolzen waren.

»Warum gehst du nicht wieder zu den Gemeinschaftsversammlungen?«

»Die!« sagte sie. »Du lieber Himmel!«

Er zuckte zusammen.

»Du liest auch nicht mehr.«

»Lesen«, sagte sie bitter.

»Nun, und warum nicht?« sagte er. »Du hast die beste Ausbildung –«

»Ausbildung«, sagte sie tonlos.

»Deine Eltern hätten wohl nicht weiß Gott wieviel Geld für dich auszugeben brauchen. Du willst wohl alles wegwerfen, was sie aufgebaut haben?«

»Ich hasse sie«, sagte sie.

»Ivy! Sag so etwas nicht!«

»Doch. Warum soll ich es nicht aussprechen, wenn es stimmt? Warum stehst du da und starrst das blöde Bild an? Es ist ein blödes Bild!«

»Du hast es früher gemocht.«

»Es ist ein blödes, ganz blödes Bild!« sagte sie aufgeregt.

»Was willst du eigentlich? Ivy, ich weiß einfach nicht, was du willst.«

»Ich will dir sagen, was ich will. Ich will Aufregung, das will ich.« Sie stand auf und ging im Zimmer auf und ab. »Menschen wie ich eignen sich nicht für ein solches Leben! Ich möchte lebendig sein!«

Er starrte sie verständnislos an.

»Es ist, als – als sei man in Wänden gefangen, die einem befehlen: Tu das, tu dies, putz dir die Zähne! Hör dir dieses Programm an, morgen jenes –«

»Das ist nicht fair.«

»Tu, was gut ist für dich! Nimm dies, gebrauche das, meide das andere! O Gott, ich begreife nicht, wie das jemand aushalten kann!«

»Paß auf«, sagte er und hob die Hand. »Du irrst dich. Die meisten Menschen fühlen nicht so.«

»Die meisten Menschen, Quatsch! Die meisten Menschen bedeuten überhaupt nichts! Die meisten Menschen leben gar nicht! Wen kümmern die meisten Menschen?«

»Du redest genauso wie er. Als nächstes wirst du behaupten, daß man das Recht hat, zu morden! Stellst du dir das unter – unter *Spaß* vor?«

»Vielleicht«, sagte sie. »Wenn man einen triftigen Grund hat.« Sie sah ihn an. Ihr Atem zischte zwischen ihren Zähnen hervor. »Ja, es könnte durchaus richtig sein, wenn die Person, die du umgebracht hast, nicht ins Gewicht fällt!« Sie schüttelte seine Hand von ihrem Arm ab. »Wir sind nicht dazu geschaffen, nach den Gesetzen einer Maschine zu leben! Wir sind nicht für diese Art von Gesetz gemacht, sondern für das Gesetz des Dschungels, genau wie Chinwell sagt! Wir sind für Gefühle geschaffen! Wir leben, um zu empfinden!«

»Sei ruhig!«

»Chinwell sagt –!«

Er schlug ihr ins Gesicht, das sofort rot anschwoll.

Sie rieb sich langsam die Wange; ihre großen Augen verengten sich vor Erregung. Ihre Brust hob und senkte sich.

»Warum – warum hast du das getan?«

»Ich – es tut mir leid, ich –«

»Küß mich«, sagte sie und fuhr mit der Zunge über die Lippe, wo sie aufgeplatzt war, schmeckte Blut.

Er ging davon.

»Warte!« sagte sie, eilte ihm nach und ergriff seinen Arm. »Du hast recht! Ich glaube nicht an Chinwell! Ich glaube nicht an das, was er sagt! Du bist es, an den ich glaube, siehst du denn das nicht? Dich liebe ich!«

Ralph hörte auf zu arbeiten und starrte den Stapel von Manuskripten vor sich an. Er schaute auf die Uhr. Er trommelte verärgert mit dem Bleistift auf die Tischplatte, weil er ins Hintertreffen geraten war. Er machte sich wieder an die Arbeit.

Nach kurzem Zögern kreiste er eine Wortgruppe mit

rotem Stift ein. Dann blickte er unentschlossen auf die Zufallstafel.

»Verdammt!« sagte er und strich die eingekreisten Worte durch. Wieder überflog er das Diagramm, und als er sich dann über den Text beugte, ging er ganz vorsichtig zu Werke. Nachdem er eine neue Wortgruppe eingekreist hatte, prüfte er erneut nach. Er griff ein paarmal nach dem Blatt und wollte es umdrehen; in seiner Hast riß er es auseinander. Er fand einen Klebestreifen und fügte das Blatt wieder zusammen. Er spitzte seinen Bleistift, befeuchtete die Spitze mit der Zunge, fuhr sich durch die Haare, ließ den Bleistift fallen, bückte sich danach.

Der Summer an seinem Wechselsprechgerät ertönte. Er richtete sich auf und drückte die Taste.

»Hallo«, sagte er knapp.

»Ralph, hier ist Alan.«

»Was gibt es?« knurrte Ralph. »Stimmt etwas nicht?«

»Deshalb rufe ich dich an.«

»Ja?« sagte Ralph und rieb sich das Bein.

»Das Chinwellskript von gestern. Die Maschine hat unsere Auszüge mit dem Hinweis bestätigt, daß sie einander widersprechen.«

»Nun?«

»Sei doch nicht immer gleich so empfindlich«, sagte die Stimme leicht gereizt.

»Tut mir leid. Entschuldige.«

»Eine Prüfung hat ergeben, daß du die Auszüge falsch ausgewählt hast. Wir mußten die Maschine auf Ablehnung stellen und müssen alles noch einmal durchlaufen lassen. Das kostet Zeit.«

Ralph schwieg.

»Ich sehe, daß du mit deinen anderen Manuskripten ein bißchen im Verzug bist. Fühlst du dich wohl?«

»Sicher! Mir geht es gut!«

»Okay, okay. Ich glaube, ich schicke lieber eine Prüferin hinüber.«

»Du kannst –«

»Was kann ich, Ralph?«

»Nichts! Ich – nichts. Tut mir leid, Alan. Ich bin heute doch nicht ganz auf dem Damm, scheint mir. Ich gebe mir besondere Mühe. Der Fehler mit Chinwell tut mir leid. Entschuldige, daß ich dich angefahren habe.«

»Das macht nichts. So etwas passiert auch den besten Leuten, nicht wahr? Ich schicke auf jeden Fall eine Prüferin.«

»Na gut.«

»Schon besser, Ralph. Bis bald.«

»Auf Wiedersehen.«

Ralph stand auf und ging zum Eiswasserbehälter. Er ließ einen Becher vollaufen. Beim Trinken verschüttete er einen Teil. Er zerknüllte den Becher und warf ihn in den Müllschlucker.

Er kehrte an seinen Schreibtisch zurück.

Zerstreut knickte er eine Ecke des Blattes ein, zog die Hand erschrocken zurück.

»Verdammt noch mal!« murmelte er vor sich hin.

Als die Prüferin eintraf, hatte er das eine Manuskript fertig und bearbeitete das nächste.

»Hallo«, sagte sie und trat an seinen Schreibtisch.

»Hallo«, sagte er mürrisch.

»Ihre Zigarette brennt einen Fleck in den Schreibtisch.«

»Wie? Oh – ja.« Er griff nach dem Zigarettenstummel und zerdrückte ihn im Aschenbecher, rieb mit dem Finger den Brandfleck. »Sie muß herausgefallen sein. Ich habe gearbeitet und nichts gemerkt.«

»Es ist nicht schlimm.«

»Nein. Man sieht den Brandfleck kaum . . .« Er blickte auf das Manuskript. »Was wollen Sie sehen?«

»Ihre Archive«, sagte sie und streckte die Hand aus. »Ich bin Jo Anne. Sie sind Ralph? Ich habe Alan lobend von Ihnen sprechen hören.«

Er nahm die Hand und erwiderte den festen Druck. Er blieb verlegen stehen.

»Die Archive?«

Sie lachte beruhigend.

»Bitte, lassen Sie sich von mir nicht stören. Das ist eine reine Routinesache. Ich mache das fünf- bis zehnmal am Tag.«

»Bei mir haben Sie es aber bisher noch nie gemacht.«

»Tja«, sagte sie und schob die Unterlippe vor, »Sie sind außerordentlich tüchtig gewesen.«

»Ich wollte mir kein Lob einhandeln!« fauchte er.

»Nein? Wirklich nicht? Wir werden prima miteinander auskommen.«

»Kommen Sie, ich zeige Ihnen die Archive.«

»Danke, Ralph.«

Sie gingen zum Stahlschrank.

»Das sind die neuesten«, sagte er. »Die vom letzten Monat liegen hier. Der Juni ist dort, und für die Zeit vorher befinden sich die Unterlagen im Zentralarchiv.«

»Das Zentralarchiv ist bereits durch Stichproben überprüft, da geht alles in Ordnung. Ich sehe mir nur die paar Unterlagen hier an.« Sie zog eine Schublade heraus. »Ich rechne gar nicht damit, daß ich etwas finde, wissen Sie. Ich wette, ich mache fünfzig solche Prüfungen, bevor ich einen Fehler finde, der überhaupt der Rede wert ist.« Sie bückte sich. »Sehr schön geordnet. Das ist immer ein gutes Zeichen. Wenn man Ordnung hält, so daß alle Kanten abschließen, wie hier, beweist das, daß man ein sehr gründlicher, ordentlicher und sorgfältiger Mensch ist . . . Ich lese in meiner Freizeit auch aus der Hand, Sprechstunden nach Vereinbarung.« Sie griff nach einem Manuskript. »Sehen wir uns das mal an.« Sie überflog die Vorwortdaten. »Sie sind etwa fünfunddreißig Jahre alt, würde ich sagen. Verheiratet seit zehn – nein, eher fünfzehn Jahren. Sie gehören zu den Leuten, die früh heiraten.« Sie blätterte schnell im Manuskript. Er fragte sich, wonach sie eigentlich suchte. »Und auch glücklich verheiratet, würde ich sagen, nicht? Na – etwa nicht?«

»Doch«, sagte er.

Sie sah ihn aus dem Augenwinkel an.

»Geboren in einem Bundesstaat westlich der Rockies. In der Oberschule guter Basketballspieler.«

»Sie haben meine Akte studiert«, beschuldigte er sie.

»Ja. Weibliche Neugier.«

»Oder Routine?«

Sie legte das Manuskript zurück.

»Das war völlig in Ordnung.«

»Sie reden, als seien Sie zur Hälfte Psychologin.«

»Die andere Hälfte ist ein großer, gefleckter Vogel«, sagte sie und griff nach dem nächsten Manuskript. »Hören Sie sich Chinwell an? Ich tue es gern.«

»Nein«, sagte er. »Das heißt, nicht oft.«

»Ich finde, er entspannt.«

»Wie können Sie nur diese Unterlagen prüfen und gleichzeitig reden?«

»Schizophrenie«, sagte sie lächelnd, legte das zweite Manuskript zurück und griff nach einem dritten.

»Ich lasse Sie allein.«

»Bitte nicht. Mir macht das nichts aus. Bleiben Sie hier, und unterhalten Sie sich mit mir.«

Zwanzig Minuten später, als sie mit der Überprüfung fertig war, sagte sie: »Na bitte!«

»Haben Sie viele Fehler gefunden?«

»O nein. Nicht mehr, als zu erwarten waren. Ein Worteinschluß hier, ein Wortausschluß dort.« Sie kritzelte etwas in ihr winziges Notizbuch. »Alles in Chinwells Reden.«

»Ist das von Bedeutung? Ich meine –«

»Nein. Haben Sie den Eindruck?«

»Nein – natürlich nicht, nein!«

Sie lächelte.

»Sind Sie sicher?«

»Tja, meine Frau – gewiß.«

»Na schön«, sagte sie und klappte das Buch zu, »guten Tag, Ralph.« Sie hielt ihm die Hand hin.

Er sagte: »Guten Tag.«

Er ging zu seinem Schreibtisch zurück und begann zu arbeiten; einige Zeit danach rief Alan wieder an.

»Wer war das Mädchen?« fragte Ralph.

»Jo Anne? Nur eine Prüferin.«

»Ja, aber –«

»Kluges Mädchen, findest du nicht?«

»Hör mal, Alan, was zum Teufel soll das heißen, daß du sie herschickst, damit sie sich vergewissert, ob ich mir Chinwell anhöre? Was, glaubst du eigentlich, mache ich? Wenn du mich beschuldigen willst, daß ich ein – ein – so etwas wie ein illoyaler Fanatiker bin, dann sag es doch, verdammt noch mal, sprich es aus wie ein Mann!«

»Na, na, Ralph. Denk doch mal einen Augenblick nach. Glaubst du, wir würden es wagen, die Maschine von einem Mann, dem wir nicht völlig vertrauen, mit Material versorgen zu lassen? Du weißt, das einzige, was unser Programm ruinieren kann, sind gefälschte Daten. Allein die Tatsache, daß du deine Stellung bekommen hast, ist der eindeutige Beweis für deine Loyalität, und wenn du wirklich die Absicht hättest, gefälschtes Material einzugeben, wenn das wirklich dein Bestreben wäre, dann würdest du nicht diese kleinen Fehler machen, die der Maschine auffallen. Du würdest es dann so anstellen, daß wir nichts merken.«

»Dann ist also meine Urteilsfähigkeit –«

»Nimm das nicht so ernst, Ralph«, sagte Alan. »Paß auf. Ich empfehle dir, zwei Wochen Urlaub zu nehmen. Ich glaube, das ist alles, was du brauchst.«

Ralph schluckte.

»Hör mal, einen Augenblick!«

»Um die Wahrheit zu sagen, wir haben in letzter Zeit mehr Fehler als sonst festgestellt, nicht nur bei dir, und wir wollen ganz sichergehen. Du weißt, wie knapp der Spielraum ist, den wir haben. Wir wollen die automatische Kompensierung der Maschine unter keinen Umständen überbeanspruchen. Vorsicht ist die Mutter der Weisheit, du weißt. Faß das Ganze also nicht persönlich auf.«

»Verstehe.«

»Ich schicke in ungefähr einer Stunde einen Ersatzmann für dich.«

»Aber –«

»Erhol dich gut«, sagte Alan jovial.

»Hör zu, Alan, bitte –«

»Falls es dich interessiert, Jo Anne hat vorgeschlagen, daß du mit Ivy für eine Woche nach Europa fliegst.«

Alan schaltete ab, und Ralph starrte das Gerät an, ohne sich zu rühren. Nach einiger Zeit stand er auf, ging zum Stahlschrank und sperrte ihn ab. Dann nahm er den Schlüssel mit und legte ihn auf seinen Schreibtisch.

»Man hat dich also in Urlaub geschickt. Du siehst, die Maschine hat sich jetzt auch schon auf dich ausgewirkt!«

Sie hatte getrunken; er merkte es an dem etwas glasigen Blick ihrer Augen, die sich vor Überraschung geweitet hatten, als er ins Zimmer getreten war, so als habe er sie bei etwas überrascht, was sie verbergen wollte.

»Nicht die Maschine«, sagte er.

»Vielleicht nicht direkt«, meinte sie.

»Ich dachte, nach neulich abend wollten wir nicht mehr so miteinander reden.«

»Ich – habe es vergessen.«

»Hast du schon wieder Chinwell zugehört?«

»Nein.«

»Bist du – schon gut, laß nur.«

»Nein«, sagte sie verdrossen und schlug die Beine übereinander.

Er ging zu seinem Sessel und schaute sich betroffen um.

»Wo ist meine Pfeife? Ich dachte, ich hätte sie hier liegenlassen, als ich wegging.«

»Deine Pfeife? Ah ja, deine Pfeife. Ich habe mich auf sie gesetzt. Ich meine, sie fiel auf den Boden, und ich bin auf sie getreten. Der Schaft ist abgebrochen, direkt am – am Kopf.«

Er schwieg einen Augenblick.

»Es wäre mir lieb, wenn du nicht so viel trinken würdest, Ivy.«

»Trinken? Ich trinke gar nicht so viel.«

Er setzte sich und zog eine Zigarette heraus.

»Es tut mir leid um die Pfeife. Es war eine gute Pfeife.«

»Du kannst dir eine neue besorgen.«

Er zündete sich die Zigarette an.

»Sag mal, Ivy, was hältst du davon, wenn wir beide eine Woche nach Europa fahren?«

»Ich weiß nicht.«

Er legte die Zigarette weg.

»Ich überlege es mir«, sagte sie.

»Wo ist der Colberg?« fragte er, als ihm auffiel, daß das Bild von der Wand verschwunden war.

»Der Colberg? Oh! Willst du das Bild haben? Ich hole es dir.«

Sie ging, und er starrte die Stelle an, wo das Bild jahrelang gehangen hatte.

Als sie zurückkam, brachte sie das silberne Konfekttablett. Sie hatten den Colberg in schmale Streifen zerschnitten, und der Haufen lag in der Mitte des Silbertabletts wie eine Portion Salat.

»Hier ist der Colberg«, sagte sie und hielt ihm das Tablett hin.

Er starrte das Tablett lange an. Dann sagte er: »Ich will ihn nicht mehr.«

»Ich werfe ihn weg«, sagte sie.

»Gut.«

Ralph zitterte, als sie das Zimmer verließ. Er stand auf und trat ans Fenster. Er riß es mit einer heftigen Bewegung auf und starrte in den Sonnenschein hinaus.

»Erst heute nachmittag hat Chinwell gesagt –«, begann sie nörgelnd.

»Ich dachte, du hättest gesagt, daß du ihn dir nicht mehr anhörst.«

Sie stand hinter ihm, und er konnte sie atmen hören.

»Ich – na schön, da habe ich eben geschwindelt.«

Er drehte sich langsam um.

Sie hob den Kopf.

»Was willst du dagegen tun?«

Er befeuchtete die Lippen.

»Nichts.«

»Du läßt mich – du läßt es zu, daß deine Frau dich einfach anlügt?«

»Was kann ich dagegen machen?« fragte er gleichgültig.

»Nichts, vermutlich.«

Ivy ging mit ruckhaften, schnellen Bewegungen durch das Zimmer.

»Ich weiß nicht, ob ich an Chinwell glauben soll oder nicht.«

»Bitte«, sagte er müde. »Sprechen wir nicht davon.«

»Aber manche Dinge, die er sagt. Über die grundlegende Natur des Menschen, über die Herrschaft der Starken und den Drang nach Erregendem.«

Ralph trat auf sie zu, und sie kam ihm voll Eifer entgegen.

»Chinwell sagt, daß die Maschine den Menschen vernichtet.«

»Er ist ein Spinner«, sagte Ralph ruhig.

»Nein, das ist er nicht!« verteidigte sie ihn. »Eines Tages wird die Maschine ihn bekämpfen müssen!«

»Nein.«

»Eines Tages wird jeder wählen müssen. Auf welcher Seite wirst du stehen, wenn dieser Tag kommt?«

In seiner Brust zuckte ein Nerv.

»Unsinn!«

»Ist es nicht!«

Er blickte auf sie hinunter.

»Wir sind Gefühlswesen«, sagte sie. »Prozentsätze und Vernunft sind uns egal.«

»Die Gefahr ist vernünftig oder unvernünftig. Sie ist nicht emotionell. Chinwell kann keinen Schaden anrichten – außer bei ein paar Irren.«

»Er sagt –«

»Hör auf! *Hör auf!*«

Ihr Gesicht rötete sich. Sie trat näher an ihn heran und sagte atemlos: »Chinwell sagt –«

Er holte mit der Hand aus, und sie hielt den Atem an,

wartete, ohne noch etwas hinzuzufügen. Er ließ die Hand sinken.

»Chinwell sagt, daß wir uns entscheiden müssen!«

Er wandte sich ab.

Sie blieb lange Zeit stumm.

Schließlich sagte sie: »Auf welcher Seite wirst du stehen?«

Er antwortete nicht.

Sie trat zu ihm.

»Ich dachte, du bist ein Mann!«

Er schwieg.

»Ich verlasse dich«, sagte sie mit großen, erwartungsvollen Augen.

Er rührte sich nicht.

»Chinwell sagt –« Sie verstummte und fügte dann enttäuscht hinzu: »Ich werde dich verlassen, verstehst du denn nicht? Ich könnte nicht mehr bei dir bleiben! Nicht, wenn du so empfindest, wie du es tust!«

Er sagte noch immer nichts.

»Hör mir zu!« fuhr sie ihn an. »Hör mir zu! Du bist ja gar kein Mann! Ich liebe Chinwell, hörst du? Ich liebe *Chinwell*!«

Die Muskeln in seinem Kiefer bewegten sich wieder.

»Ich habe gesagt, ich liebe Chinwell – kannst du denn nicht hören? Was wirst du dagegen tun?«

Schweigen.

»Ich liebe ihn«, winselte sie.

Schweigen.

»Fahr zur Hölle! Tu etwas, tu etwas, *tu etwas!*«

»Bitte geh«, sagte er.

Als er die Tür zufallen hörte, trat er zum Schreibtisch und setzte sich.

Langsam wurde es dunkel; kühle Luft kam durch das offene Fenster herein.

Er wanderte ziellos in der düsteren Wohnung umher.

Als das Telefon schließlich läutete, stand er in der Küche und kochte teilnahmslos Kaffee. Er eilte ins Wohnzimmer.

»Hallo, ich wußte doch, daß du – oh. Wer?« Sein Gesicht wurde aschfahl. »Oh«, sagte er dumpf. »Sie glauben, das könnte Teil einer Verschwörung gewesen sein, um das Personal der Maschine einzuschüchtern?« sagte er und verstand kaum seine eigenen Worte. »Ja, ja. Ich – komme sofort, um die – die Identifizierung vorzunehmen –«

Er legte auf. Er blieb regungslos stehen. Dann griff er mechanisch nach dem Hörer, ohne sich über das Motiv für den Anruf im klaren zu sein. Er wählte.

»Hier ist Ralph, Alan. Hast du es schon gehört? Meine Frau, sie ist eben – eben getötet worden. Von einem der Fanatiker.«

»O Gott!« sagte Alan. Er schwieg ein paar Sekunden. »Das ist furchtbar. Ich weiß nicht, was ich sagen soll. Ivy? Ich kann es nicht glauben. Kann ich irgend etwas tun, Ralph?«

Ralphs Gesicht war grau, seine Lippen zitterten. Sein ganzer Körper bebte.

»Zuerst haben sie ihr den Verstand geraubt, und dann – und dann haben sie – haben sie sie umgebracht. Kann ich irgend etwas tun, Alan, um dieses gemeine Schwein auf der Stelle zu stoppen, hörst du?«

»Die Polizei wird den Mörder fassen, Ralph«, sagte Alan ganz ruhig.

»Es ist Chinwell! Er steckt dahinter!«

»Beruhige dich, Ralph. Nimm dich zusammen. Vielleicht ist es so. Wenn er gegen die Strafgesetze verstoßen hat, wird man ihn zur Verantwortung ziehen. Aber solange er nichts anderes getan hat, als zu reden –«

»Ich werde dafür sorgen, daß der Verbrecher bekommt, was ihm gebührt! Was die Maschine sagt, interessiert mich nicht!«

»Du bist hysterisch, Ralph!«

Der Kaffee in der Filtermaschine spritzte auf die Kochplatte. Aus der Küche drang der Geruch nach verbranntem Kaffee.

»Paß auf!« schrie Ralph. »Begreifst du denn nicht? Die

Statistiken und Durchschnittswerte interessieren mich einen Dreck! Der Schweinehund ist für den Mord an meiner Frau verantwortlich, daran gibt es nichts zu rütteln!«

»Die Polizei wird den Fall klären, Ralph. Du kannst nichts tun. Die Polizei wird den Mörder fassen, wie sie jeden Mörder erwischt... Sieh die Sache so an: Morde kommen vor. Heutzutage gibt es weniger als vor der Maschine. Die Politik der Maschine zielt auf die endgültige Beseitigung aller –«

Ralph zitterte so heftig, daß er kaum den Hörer festhalten konnte.

»Zum Teufel damit! Zum Teufel damit!«

»Hör zu, Ralph, das, was du willst, ist Rache. Die Maschine liefert Gerechtigkeit. Du möchtest das größere von zwei Übeln. Die Maschine sieht, was für die Gesellschaft als Ganzes das Beste ist. Wir können es uns nicht leisten, unser Programm für einen einzelnen zu ruinieren.«

Ralph weinte.

»Ruf mich noch einmal an«, sagte Alan. »Du wirst aufhören, mit deinen Gefühlen zu denken, sobald der Schock abgeklungen ist. Es ist entsetzlich, ich weiß, und ich kann mir vorstellen, wie dir jetzt zumute ist. Aber du wirst sehen, daß ich recht habe, Ralph. Warte nur ab. Ich möchte, daß du mich anrufst, wenn ich dir irgendwie helfen kann, und ich –«

Ralph legte auf. Bleiern beugte er sich über den Schreibtisch. Er zog einen Briefbogen heraus. Er begann seinen Rücktrittsbrief zu schreiben.

Er hörte auf. Er hob den Kopf. Er dachte an Alans kühle Worte, und sein Gesicht verhärtete sich langsam vor Verschlagenheit und Haß. In seinen Augen loderte ein neues, fanatisches Licht.

Er verbrannte den halbfertigen Brief im Aschenbecher. Dann zog er den Mantel an und verließ das Haus, um die Leiche seiner Frau zu identifizieren.

Das Wasser in der Filtermaschine verdampfte langsam.

»Ich gehe ungern.«

»Es ist Zeit.«

»Mama?«

»Ja?«

»Darf ich ihnen ein Geschenk dalassen?«

»Was sollte ihnen fehlen, mein Kind?«

»Ich möchte ihnen etwas dalassen.«

»Das ist sehr aufmerksam, aber —«

»Bitte, Mama. Vielleicht können sie eines Tages ein Spielzeug gebrauchen.«

»Meinst du, mein Kind? Nun, wer weiß? Vielleicht.«

Der Mond schwebte über den fernen Wipfeln und verschwand dann plötzlich, hinterließ einen Vorhang der Nacht, mit schwach leuchtenden Sternen besetzt.

Oben hörte man Stimmen. Der Knoten begann sich zu lösen. Noch ein Augenblick, dann mußte das Seil herabgleiten, und der Eingeborene würde mit lautem Krach auf den Boden stürzen. Die Schritte oben kehrten wieder, aber diesmal nur von einem Fußpaar. Irgendwo oben in der Dunkelheit wartete stumm eine Wache. Ein Zündholz flammte auf, und die Untenstehenden hielten den Atem an. Das Seil rutschte noch einmal.

Verzweifelt warf der Eingeborene einen Arm über die Mauerkrone. Er blickte angstvoll hinunter. Dann zog er sich vorsichtig hinauf. Im blassen Sternenlicht konnte er sehen, daß die Wache nicht in seine Richtung sah. Er ließ sich in den Innenhof fallen. Die Wache drehte sich halb um.

Widerwillig sprang der Eingeborene nach vorn und teilte einen sanften Schlag aus. Es gab ein sprödes Knacken, und der Eingeborene ließ die Wache vorsichtig auf den Boden gleiten. Dann drehte er sich um, machte eine neue Schlinge in das Seil und wickelte es fester um den Baumstamm. Herauf kamen die vier, die unten gewartet hatten.

Flüsternd erklärte er, was geschehen war. Der Anführer der Gruppe schüttelte in der Dunkelheit den Kopf.

»Wenn wir jetzt hineingehen«, sagte er, »wird der andere diesen hier entdecken und den Dämon warnen, bevor wir ihn vernichten können. Wir müssen auch den anderen zum Schweigen bringen.«

Sie nickten.

Einer aus der Gruppe bückte sich und hob die Waffe des Wachpostens auf. Er drehte sie neugierig in seinen Händen.

»He!«

Sie hielten den Atem an.

»He, Ed! Ed! Melde dich doch!«

Der Anführer sagte: »Er wird den Dämon wecken. Lauft!«

Sie sprangen über die Mauer, prallten auf den Boden, liefen durch das hohe Gras zum Wald. Der Anführer schleppte sein gebrochenes Bein nach.

Ein Blick genügte, um der anderen Wache zu verraten, was geschehen war. Er griff hastig nach dem großen Scheinwerfer an der Fuge der beide Mauern und drückte den Knopf. Innerhalb der Palisade heulte ein Generator auf, und der Bogen der Lampe erstrahlte in sonnenhellem Blau.

Der Lichtstrahl blendete vorübergehend, und der Wachposten fluchte. Dann wurde sein Gesichtsfeld klar, und alle Einzelheiten der Grasfläche traten scharf hervor. Er sah zwei laufende Gestalten, je eine an den Rändern des Lichtstrahls. Er drehte den Scheinwerfer, bis dieser die nähere der Gestalten erfaßte.

Es war der Anführer, und er erstarrte im Lichtschein. Er versuchte nicht einmal, sich zu Boden zu werfen.

Der Wachposten starrte ihn für den Bruchteil einer Sekunde an, bevor er seine Waffe an die Schulter heben konnte.

Der Anführer der Eingeborenen wartete. Seine orangeroten Facettenaugen blinzelten im grellen Licht. Die vier Arme hingen reglos herab.

Der Wachposten schauderte unwillkürlich, als der Anführer im Visier auftauchte. Er zog den Abzug durch, und ein Flammenball zischte aus der Mündung. Die Flamme erlosch in der Luft, die Waffe prallte im Rückstoß zurück.

Das Projektil traf, und der Anführer brüllte auf. Eine Hand zuckte hinaus, damit er sich gegen das Einknicken des verwundeten Beins abstützen konnte. Noch immer blinzelten seine Augen ins Licht, noch immer stand er aufrecht, eine ideale Zielscheibe.

Der Wachposten feuerte noch zweimal. Ein Projektil peitschte Steine auf und heulte davon, das andere traf.

Der Eingeborene im Gras heulte. Aber er fiel immer noch nicht.

Der Wachposten schoß immer wieder, und schließlich brach der Eingeborene ganz langsam zusammen. Ein-, zweimal zuckte die Schwanzspitze, dann war der Körper völlig regungslos.

Der Wachposten drehte den Scheinwerfer. Die anderen Eingeborenen waren verschwunden. Er schauderte wieder und spuckte in die Richtung des Toten.

In der Palisade gingen die Lampen an, sogen an dem winzigen Generator.

Der Wachposten blickte auf den Boden und sah seinen Begleiter bewegungslos, Arme und Beine in unnatürlicher Haltung. Er begann zu fluchen. Mit steifen Fingern schaltete er die Bogenlampe aus, und die Lichter in der Palisade erstrahlten heller.

Der Wachposten starrte in die gewaltige, fremde Dunkelheit hinter der Mauer hinaus. Er wimmerte in plötzlicher kindlicher Angst.

Im Innern des Waldes, jenseits der schrecklichen Helligkeit des Palisadenlichts, hörten die Eingeborenen auf zu laufen. Als das Licht erlosch, riefen sie einander mit schrillen Pfeiflauten. Langsam fanden sie zueinander, bildeten eine stumme, einsame Gruppe.

»Wir mußten ihn zurücklassen«, sagte einer in der schrillen, schnatternden Eingeborenensprache.

Bekümmert wandten sie sich von der Palisade ab. Laub raschelte unter ihren Füßen. Zweige peitschten ihre Gesichter, trieben scharfe Tränen hervor. Sie hasteten davon, und Trockenes raschelte, überraschte Tiere flohen. Von Zeit zu Zeit gaben sie Brummlaute von sich, mehr um sich aufzumuntern, mehr aus Protest gegen das Lianengewirr, nicht so sehr um sich zu verständigen. Neju trug die gestohlene Waffe aus der Palisade fest an die Brust gepreßt.

Sie liefen weiter, und schließlich ging die Sonne auf, drang durch den Wald, schickte grelle Strahlen neuen Lichts, das fleckig auf dem Waldboden lag. Einmal blieben sie stehen, um sich auszuruhen, aber nur für kurze Zeit.

Als die Sonne schon zwei Stunden am Himmel stand, erreichten sie die natürliche Lichtung und das Dorf ihres Stamms.

Das Dorf war von primitiver Art, selbst nach den Maßstäben des Palisadenbaus. Es war eine Ansammlung von Häusern aus Lehm und Pfählen, die im Kreis um die massivere Hütte des Häuptlings angeordnet waren. Vor der Hütte gab es einen großen Feuerplatz, wo die Dorfgemeinschaft die Beute der Jäger an drei gewaltigen Spießen zu braten pflegte. Der Boden rund um die Feuerstelle war glatt und mit weißem Sand bedeckt. Er stammte aus dem schnellfließenden Bach, der sich in ein Dickicht schlängelte. Die Knochen und anderen Abfall trug man in geflochtenen Körben zu einer Grube tief im Wald, weit von der Lichtung entfernt. Das ganze Dorf war sauber und ordentlich, und hinter der Häuptlingshütte wuchsen blumenartige Pflanzen, von denen die meisten durch den Herbst und den Frost tot waren.

In der Nähe des Bachs waren mehrere Fleischtiere angepflockt, und zwei kleine gezähmte Baumtiere saßen vor den Hütten ihrer Besitzer in der Sonne.

Als die vier Eingeborenen auf die Lichtung traten, hörte jede Tätigkeit auf. Die Kinder unterbrachen ihr Geschrei, die Erwachsenen sahen von ihrer Arbeit auf. Tiefe Stille legte sich über das Dorf. Eingeborene erschienen unter den Türen.

Langsam gingen die vier zum Häuptlingshaus. Einer hinkte ein wenig, weil er einen Dorn im Fuß hatte. Alle Augen folgten ihnen.

Der Häuptling saß am Eingang zu seiner Hütte. Er erhob sich, als sie wie eine Trauerprozession auf ihn zuschritten. Er starrte sie der Reihe nach an, als versuche er sich einzureden, einer von ihnen müsse ein anderer sein. Dann richtete er den Blick über ihre Köpfe hinweg auf die Stelle am Waldrand, wo sie herausgetreten waren.

Neju schüttelte langsam den Kopf, und der Häuptling schien wie vor einem unsichtbaren Schlag zurückzuweichen; dann richtete er sich auf, gebot ihnen mit einer Handbewegung, einzutreten, und folgte ihnen ins Haus.

Langsam erwachte draußen wieder das Leben. Leise Worte schwebten durch die Luft, und die Kinder gingen mit ernsthaften Gesichtern herum. Sogar die Baumtiere schienen die Veränderung zu bemerken und unterließen es, die Aufmerksamkeit auf sich ziehen zu wollen. Am Himmel flatterte ein großer Vogel vorbei.

Im Innern der Häuptlingshütte setzten sich die vier Eingeborenen ihrem Häuptling zu Füßen.

Der Häuptling war alt. Seine Arme waren lose Hautfutterale um die Knochen, sein Gesicht war von Runzeln durchzogen; die orangeroten Augen waren trüb und bläulich vom Alter. Und als er in die Stille hineinsprach, klang seine Stimme dünn und nörgelnd. »Ihr seid zurückgekommen.«

Die vier blieben lange stumm. Schließlich sagte Neju: »Ja, wir sind zurückgekommen.«

Das Ritual von Frage und Antwort ließ dem alten Häuptling Zeit, seine Gefühle unter Kontrolle zu bekommen; seine Augen waren stumpf vor Trauer, sein Kopf schwankte locker auf dem hageren Hals. Und er konnte nicht sagen, weshalb Tränen in seinen Augen standen.

»Er wird nicht heimkehren«, sagte Neju leise.

Der Alte seufzte und rieb sich mit runzliger Hand das Gesicht.

Draußen begannen die Trauernden ihr Klagelied, langsam, erschreckend; eine ferne Trommel nahm den Rhythmus auf und hämmerte den Herzschlag hinaus.

»Wir haben eine ihrer Waffen erbeutet«, sagte Neju. »Aber wir sind daran gehindert worden, ihr Dorf zu betreten.«

Der Alte nickte. Er schloß die Augen und wandte das Gesicht zur Decke der Hütte empor. Er war müde; es war seltsam, wie müde er plötzlich war. Gestern noch war ... Nein, das war nicht gestern gewesen. Sein Sohn war mit dem ersten Fang vom Fluß heraufgekommen. Die Luft war frisch und hell gewesen – sie war nicht mehr frisch und hell –, und er hatte gelacht und gesagt ... Aber nun wurde von einem Dämon gesprochen, der sich irgendwo aufhielt, war es nicht so? Ein furchteinflößender böser Geist. Es fiel schwer, an Dämonen zu glauben, ja, und auch an Götter. In jenem Sommer, als sein Vater zum Mond hinaufgedeutet hatte, der von den Schatten verschlungen worden war, da hatte er noch an Götter geglaubt. Davon mußte er seinem Enkel erzählen. Es war sehr merkwürdig. Und es gab ein altes Ritual, an das man sich halten mußte, wenn die Dürre kam.

»Hier, ihre Jagdwaffe –«

Der Alte öffnete die Augen. Sein junger Freund Neju reichte ihm einen seltsamen Gegenstand. Er bestaunte ihn und dachte bei sich, daß die Götter ihn vielleicht zurückgelassen hatten, als sie fortgegangen waren.

»Sie ist gefährlich.«

Der Alte versuchte sich zu erinnern. Da gab es etwas über die neuen Götter, die vom Himmel herabgekommen waren; aber sie hatten einen Dämon mitgebracht. Der heulende Dämon entwurzelte und schälte Bäume auf eine Weise, die man nicht zu fassen vermochte – er zerstörte an einem einzigen Tag mehr, als das Dorf in einem ganzen Jahr schaffen konnte. Vielleicht waren sie gar keine Götter. Es war alles sehr verwirrend. Er durfte nicht vergessen, seinen Enkel zu bitten, daß er ihm davon erzählte.

Sie legten die Waffe vor ihn hin und erhoben sich, neigten die Köpfe und ließen ihn in Frieden.

Er starrte die Waffe an. Sein Enkel Zoon – nein, Zoon war sein Sohn gewesen – sein Enkel hieß – hieß – ah – Zoee, ja. Ein kleines Kind.

Seltsam, diese Waffe, und vielleicht . . . Nein, sie diente nicht zum Pflanzen im Frühjahr. Und die Winterzeit war früher länger gewesen; wir pflanzen jetzt früher – einen Mond früher mindestens. Und Zoee war ein erwachsener Mann, und Zoon war tot. Oder war es umgekehrt?

Er bewegte die Lider. Merkwürdig, auf einmal schien es, als seien sie beide tot. Draußen in der Sonne spielten sie einen Trauermarsch.

Der Alte bewegte unbehaglich die Schultern.

Neju saß im weißen Sand vor der Feuerstelle. Zwei von seinen Händen zupften nervös an einem Holzspan. Die Gruppe von Jägern bildete einen Halbkreis um ihn.

»Der alte Vater ist krank vor Leid«, sagte er nach einiger Zeit. »Und die Zeit lastet schwer auf ihm.«

Die anderen nickten, und wieder verfiel der Rat der Jäger in Schweigen. Im übrigen Dorf war es still, und die Frauen gingen leise umher und sammelten Begräbnisgeschenke für ihren Häuptling.

Neju betrachtete den Span und versuchte seine Gedanken darauf zu konzentrieren. Schließlich sagte er: »Wir haben den Dämon nicht zerstört.«

»Wir müssen es wieder versuchen«, sagte einer der Jäger, und wie ein müdes Seufzen ging Zustimmung von Mund zu Mund.

Neju schnippte den Span in die Asche und starrte mit gesenktem Kopf vor sich hin.

»Er wird immer wieder töten, wenn er nicht vernichtet wird«, sagte ein Jäger.

Neju blickte über die Feuerstelle hinweg zum Wald hinüber. Seine Augen waren orangerote Kohlen.

Auf seiner rechten Seite räusperte sich nervös ein junger Jäger, der mit ihm in der vergangenen Nacht auf der Mauer gewesen war.

»Sie sind vom Himmel gekommen, aber sie sind keine Götter.« Er runzelte die Stirn, als sei das schwer zu verstehen. »Es ist seltsam«, sagte er. »Sie kommen wie Götter, aber sie sind keine . . . Götter sind gütig.« Er sah Neju flehend an.

Neju lächelte müde und berührte den jungen Jäger an der Schulter.

»Sie sind keine Götter.«

»Sie sind Diener des Dämons«, behauptete ein anderer Jäger. »Ich war dort«, sagte er monoton. »Nachdem sie gekommen waren. Ich war dort.«

Die anderen bewegten sich betroffen.

»Wir haben den Dämon beobachtet«, sagte der Jäger mit tonloser Stimme. »Ich war mit Mela zusammen. Wir sahen, wie der Dämon zum Wald ging und einen aufrechten Baum mit den Wurzeln ausriß. Dann trat Mela, die sie für Götter hielt, zitternd hinaus, um sie mit einem Freundschaftsgeschenk zu begrüßen. Und der Dämon stürzte sich auf sie, brauste auf sie zu und zermalmte ihren Körper unter sich, und der Gott-Mann, der auf dem Dämon saß, erschrak so, daß er seltsame, abgehackte Laute von sich gab: ›Ha, ha, ha.‹ Ich floh.«

Es blieb einen Augenblick still.

»Die alten Götter«, begann ein Jäger, führte den Satz aber nicht zu Ende.

Die Jäger scharrten mit den Füßen.

»Ich habe gesehen, wie der Dämon Mela tötete«, sagte der Jäger abschließend. »Wir müssen den Dämon töten und die Gott-Männer aus seiner bösen Macht befreien.«

»Sie werden uns dankbar sein, wenn wir den Dämon vernichten.«

»Sie können sich nicht helfen, bis er tot ist. Sie müssen seinen Willen tun. Aber das wissen wir: Sie können keine wahren Götter sein, wenn sie dem Dämon gehorchen müssen.«

Plötzlich hörte die Trauermusik auf, die Trommel verstummte.

Im Dorf begann es sich zu regen, und ein Eingeborener stürzte im Laufschritt auf die Lichtung. Er schrie etwas mit aufgeregter Stimme. Ein Heulen erhob sich bei den Eingeborenen, die ihm am nächsten standen, und jeder rannte zu seiner Hütte. Ein Junge raste auf die um die Feuerstelle sitzenden Jäger zu.

»Ein Dämon kommt! Er ist in der Luft, wie ein Vogel!«

Die Jäger sahen Neju um Rat an. Dann hörten sie aus großer Entfernung ein Surren wie vom Schlagen großer Flügel.

»Lauft!« rief Neju. »Auseinander, lauft!«

Die Jäger reagierten. Die anderen Dorfbewohner rannten wild durcheinander, in allen Richtungen auf den Wald zu. Neju schaute sich um. Eine Frau blieb plötzlich stehen, kehrte um und hob ein Kind auf, das mit einem polierten Knochen gespielt hatte. Und wie durch Zauberei war das Dorf plötzlich leer. Die angepflockten Tiere begannen zu winseln, und eines der Baumtiere am anderen Rand der Lichtung vollführte einen riesigen Sprung und verschwand in den eng miteinander verflochtenen Ästen.

Neju drehte sich um und wollte weglaufen. Das Geräusch des Luftdämons war lauter geworden und kam näher. Er hatte nur zwei oder drei Schritte gemacht, als er einen Augenblick lang zur Statue erstarrte. Er fuhr herum und raste auf die Hütte des Häuptlings zu.

Niemand hatte den alten Vater gewarnt.

In dem Augenblick, als er die Tür der Hütte erreichte, fegte der Hubschrauber über die Lichtung. Neju warf einen entsetzten Blick hinüber und sprang durch die Tür in das düstere Innere der Hütte.

Der Alte saß noch immer so da, wie Neju ihn zurückgelassen hatte, regungslos, die fremdartige Waffe vor sich anstarrend. Er hob nicht einmal den Kopf, als Neju eintrat.

»Komm, Vater«, sagte Neju leise.

»Wie?«

Neju blickte über die Schulter. Der Himmelsdämon war von der Türöffnung eingerahmt.

Ganz vorsichtig half Neju dem Alten auf die Beine. Er legte zwei von seinen Armen stützend um ihn.

»Wir müssen uns beeilen, Vater.«

Der Alte blinzelte, aber er fügte sich Nejus Drängen, und sie verließen die Hütte durch den hinteren Ausgang. Der Hubschrauber schwebte in geringer Höhe, und er schien sich unmittelbar auf sie stürzen zu wollen.

In diesem Augenblick entdeckte ihn der Häuptling. In seinen Augen zeigten sich Angst und Staunen.

»Wir müssen laufen!« rief Neju.

Gemeinsam hasteten sie durch den trockenen Garten, und der Alte atmete in keuchenden Stößen.

Dann gab es auf einmal blendend weißes Licht und eine große Luftwelle, die sie wie eine Riesenfaust zu Boden warf, und ein Dröhnen, das lauter war als das Rauschen der Wasserfälle im Norden. Und das Geräusch und das Licht verschwanden, aber in ihren Ohren dröhnte immer noch der Donner, und ihre Augen schmerzten.

Vor ihnen donnerte es erneut. Eine Gruppe von Hütten schien durch innere Lichtblitze auseinanderzufallen. Teile der Häuptlingshütte klatschten auf ihre Rücken, und ein massives Balkenstück grub sich nur einen halben Meter neben Neju in den Boden.

Neju warf sich über den alten Häuptling, um ihn zu schützen; er spürte, wie Erde, Pfähle und Staub auf ihn herabregneten, und die Luft roch scharf und bitter.

Der Boden bebte unter den Explosionen, eine nach der anderen, gleichmäßig, methodisch. Neju biß die Zähne zusammen und schloß die Augen, so fest er konnte.

Und die Welt bestand nur aus Licht und Lärm.

Dann war es vorbei. Neju hielt den Atem an. Mehrere Minuten lang wagte er nicht den Kopf zu heben; seine Ohren dröhnten, seine Schultern wurden niedergedrückt. Er fuhr mit der Hand über sein Gesicht, und die Finger waren feucht von Blut.

Er hob den Kopf – der Luftdämon war verschwunden.

Die Häuptlingshütte gab es nicht mehr – dort, wo die erste Explosion stattgefunden hatte, sah man nur einen rauchenden Krater. Bis auf zwei Hütten war das ganze Dorf plattgewalzt, als sei ein riesiger Felsblock mehrmals darüber hinweggerollt worden.

Neju beugte sich über den Häuptling. Der Alte stöhnte.

Sie bauten hinter der Lichtung, tief im Wald, eine provisorische Unterkunft für den Häuptling, wo der Alte den Schauplatz der Zerstörung nicht sehen konnte. Die ganze Nacht hindurch kauerten die Dorfbewohner voll Angst in seiner Nähe. Als der Mond seine ersten Strahlen auf sein Gesicht warf, hielten sie alle den Atem an und warteten stumm, und als er weiteratmete, seufzten sie erleichtert, denn er würde noch einen Tag leben. Der Geist eines Häuptlings ging stets den ersten Mondpfad zu den Sternen, sonst mußte er warten, bis der Mondpfad wiederkehrte.

Die Nacht war lang und kalt, und gegen Morgen drängten sie sich aneinander und um das Feuer, um sich zu wärmen.

Als die Sonne eine Stunde am Himmel stand und die hastig verschlungene Mahlzeit vorbei war, drängten sich die jungen Jäger um Neju, suchten in ihm den Führer, weil der letzte des königlichen Stammes im Koma lag.

»Du wirst unser Führer sein, bis unser Häuptlingsvater wieder gesund ist«, erklärten sie nacheinander Neju.

Neju saß lange Zeit in Gedanken versunken und schwieg.

Schließlich sagte er beinahe traurig: »Ich werde dienen, bis es dem alten Vater wieder gutgeht.«

Die anderen seufzten erleichtert.

Wieder blieb es lange still.

Neju spielte mit einem frischen Grashalm und rieb ihn zwischen den Fingern. Er brummte tief in der Brust, um das Schweigen zu brechen.

»Wir müssen tiefer in den Wald ziehen und warten, bis die

Gott-Männer und die Dämonen fortgehen. Wir können nicht kämpfen.«

»Vielleicht gehen sie nicht fort.«

Neju dachte darüber nach.

»Die alten Götter kamen vom Himmel«, sagte er. »Die alten Götter sind wieder fortgegangen.« Er schaute sich im Kreis der angespannten, zornigen Gesichter um. »Ich gebe unsere Heimat nicht gerne auf«, sagte er langsam. »Trotzdem –« Er zuckte hilflos die Achseln. »Wie können wir uns bei zwei Dämonen, von denen einer aufpaßt, während der andere schläft, nah genug heranschleichen, um sie zu zerstören?« Er starrte den zerdrückten Grashalm an. »Die Erde ist gütig. Unsere Brüder im Norden sind gütig. Wir können auf ihrem Land leben und glücklich sein.«

Ein Jäger glitt aus dem Dickicht in Nejus Nähe, und es war kaum ein Rascheln zu hören. Neju drehte sich um. Der Jäger bückte sich und flüsterte ihm etwas ins Ohr. Neju wirkte besorgt und erschreckt. Er stand auf und gebot den anderen durch eine Geste, sitzen zu bleiben. Er wandte sich ab und folgte dem Jäger in den Wald.

Sie schlängelten sich zwischen den Bäumen hindurch zu den Überresten ihres Dorfes. Kurz vor dem Rand der natürlichen Lichtung zischte der Jäger und begann sich vorsichtig anzuschleichen.

Als sie beide hinter einem Gebüsch hervorblickten, sah Neju eine Gruppe von Gott-Männern in der Mitte des zerstörten Dorfes; die Gott-Männer stocherten lässig herum, versetzten den Schutthaufen Tritte, betasteten zurückgelassene Gebrauchsgegenstände. Sie sprachen miteinander. Für Neju klangen ihre Stimmen leise, tief, träge. Neju beobachtete sie und hielt den Atem an.

Schließlich ging einer der Gott-Männer, anscheinend ihr Anführer, auf die Eingeborenen zu. Neju und sein Begleiter zogen sich hastig zurück, und ihre übereilten Bewegungen verursachten ein trockenes Rascheln.

Beinahe augenblicklich hörte man das tödliche Fauchen

einer Waffe, und ein Projektil bohrte sich links von Neju in einen Baumstamm.

»Ich habe zwei von ihnen gesehen! Hier drüben!« Schritte eilten in ihre Richtung. Die Gott-Männer schienen nur ein Ziel zu haben.

»Verstecken wir uns«, jammerte Nejus Begleiter.

»Nein! Sie werden uns finden. Folge mir.« Neju lief um die Lichtung herum, fort von dem Weg, der zum provisorischen Lager der Dorfbewohner führte.

Die Gott-Männer feuerten viermal in ihre Fluchtrichtung. Die Schüsse fielen in kurzen, regelmäßigen Abständen, und die Projektile schlugen in fächerartigem Bogen ein. Eins zischte mit einem trockenen Knall an Nejus Ohr vorbei.

»Hierher!« rief der Gott-Mann aufgeregt, während er seiner Jagdbeute nachhetzte. Die anderen rannten hinter ihm her, und die Luft war erfüllt von ihren Stimmen, die plötzlich rauh und knallend klangen.

Neju und der Jäger liefen eine Ewigkeit, wie es ihnen schien, den Lärm der Verfolger noch immer knapp hinter sich. Dann wurde es still.

Neju blieb schwer atmend stehen. Er war verwirrt. Auf der anderen Seite des Dickichts hörte er die Stimmen der Gott-Männer.

»Sie locken uns vielleicht in eine Falle«, sagte einer von ihnen.

Die anderen stimmten zu.

»Sie müssen in der Nähe sein. Ich höre sie nicht mehr laufen. Dort drüben. Bestreichen wir die ganze Umgebung, verdammt!«

Ihre Waffen begannen zu fauchen.

Neju warf sich instinktiv auf den Boden. Der Jäger folgte seinem Beispiel und hustete, als ihn ein Projektil noch im Fallen in die Brust traf. Blut gurgelte in seiner Kehle.

»Einen hätten wir!« rief einer der Gott-Männer erfreut, und nach erneutem heftigem Beschuß begannen sie sich nervös zurückzuziehen, während sie Blicke in den stillen Wald rings um sich warfen.

Neju regte sich nicht. Nach einiger Zeit verließ er seinen toten Begleiter und begann in die Richtung des Lagers zu laufen.

Als er dort eintraf, kauerten die Dorfbewohner noch immer angstvoll beieinander.

Neju ging zum Kreis der jungen Jäger.

»Sie haben eben Wenj umgebracht«, sagte er.

Er setzte sich auf den Boden.

»Kommt her«, sagte er. »Ich möchte, daß ihr alle herkommt!«

Langsam versammelten sich die Dorfbewohner um ihn.

»Setzt euch.«

Sie setzten sich. Neju wartete, bis es ruhig geworden war. Es herrschten Angst und Ungewißheit; die Mütter warfen ängstliche Blicke auf ihre Söhne.

Neju begann zu sprechen. Er sprach langsam.

»Ich habe die Gott-Männer eben die Verfolgung aufnehmen und töten sehen. Sie werden von den Dämonen gelenkt, die sich nicht beschwichtigen lassen. Man braucht sie nur zu hören, den Haß in ihren Stimmen, um das zu wissen.« Er schluckte, um seine Nervosität zu überwinden, betrachtete das grüne, helle Laub, lauschte den Bewegungen der Tiere in den Bäumen. »Ich habe gesagt, daß wir in den Wald ziehen sollten. Ich kann zwar nicht denken wie ein Dämon, aber ich sehe, daß die Dämonen uns nicht wie die alten Götter in Frieden auf der Welt leben lassen wollen. Sie sind Geschöpfe des Hasses, die uns einzeln jagen werden, bis wir alle tot sind.« Er sah in furchtsame Gesichter. »Sie werden größere Dörfer für ihre Diener, die Gott-Männer, bauen, immer mehr. Sie werden unsere Wälder abreißen und unser Gras verbrennen. Sie werden unsere Nahrung töten und unsere Hütten zerstören, sobald sie darauf stoßen. Sie werden unsere Gärten zertrampeln. Sie werden uns zurückdrängen, immer weiter zurück, bis es keinen Ort mehr gibt, zu dem wir gehen können ... Und erst wenn sie uns alle getötet haben, erst dann werden die Dämonen zufrieden sein und unsere Welt verlassen. Das ist es, was ich sehe.«

Die anderen nickten stumm.

»Ich bin euer Häuptling, solange der Vater krank ist. Trotzdem kann ich euch hier nichts befehlen. Was sollen wir tun? Sollen wir fliehen, um in Angst zu leben?«

Die Frauen stöhnten traurig.

»Einen Dämon hätten wir vielleicht töten können«, erklärte Neju. »Ich weiß aber nicht, wie viele Dämonen es gibt.«

Die Männer regten sich betroffen.

Schließlich sagte einer von ihnen leise: »Wenn es hundert gibt, dürfen wir nicht fliehen.«

Die anderen murmelten Zustimmung.

»Nun gut«, sagte Neju. Er stand auf. »Ich gehe zum Vater. Er muß mich jetzt leiten. Vielleicht kann er sich an eine Waffe erinnern, mit der die Dämonen bekämpft werden können. Vielleicht wird die Zerstörung des Dorfes ihm helfen, sich zu erinnern.«

In der Ferne schlugen große Dämonenflügel die Luft.

Neju ging zum Alten. Er sah die Frau, die ihn pflegte, mit einem Stirnrunzeln an. Sie stand auf, verbeugte sich und zog sich zurück.

Neju setzte sich neben den Vater.

»Vater«, sagte er leise, »Vater, kannst du mich hören?«

Der Häuptling bewegte müde den Kopf; seine Lippen öffneten sich langsam. »Ja«, flüsterte er.

»Wir müssen große Dämonen vernichten. Wir brauchen die Hilfe der alten Götter. Was müssen wir tun, Vater? Du konntest dich nicht erinnern, als Zoee dich danach fragte. Erinnerst du dich jetzt?«

Der Häuptling blieb lange Zeit stumm liegen. Ein winziges Insekt kroch unbemerkt über seinen runzligen Arm. Er hatte die Frage gehört, aber auf irgendeine Weise hatten die Worte ihren Sinn verloren. Die alten Götter – glaubte er an alte Götter? War das die Frage?

*

Er versuchte sich zu erinnern: Die alten Götter waren vom Himmel gekommen – aber das war lange her. Sein Vater hatte sie gesehen – nein, nein –, das war Großvater gewesen, nicht wahr? Oder lag das noch weiter zurück? Der Häuptling stellte sich die Sterne am Himmel vor. Waren die alten Götter denn wirklich vom Himmel gekommen? Vielleicht hatte in Wirklichkeit niemand sie gesehen, vielleicht war es ein Traum, es gab ja so viele Träume. Jetzt träumte er, daß er alt war, und dabei hatte erst gestern seine Mutter ihn geschlagen, weil er zu nah an das wilde Tier herangegangen war, das Zaptl drüben am Hügel angepflockt hatte. Aber war das wirklich gestern gewesen?

»Wir brauchen die Hilfe der alten Götter«, sagte Neju leise.

Die Hilfe der alten Götter? Er versuchte sich zu erinnern. Da war etwas gewesen – ein Tanz, ein Ritual, ein Gesang, nicht wahr?

»Um die Dämonen zu töten.«

Der Häuptling war müde. Es hatte den Anschein, als gebe es etwas Wichtiges, woran er sich hätte erinnern sollen. Hatte nicht . . . Was war das?

»Bitte, Vater.«

Der Alte wünschte sich, die Stimme möge fortgehen, weil er schläfrig war. War das nicht Mondlicht auf seinem Gesicht?

»Bete«, sagte er sterbend.

Nach einer Weile stand Neju auf. Der Häuptling war sehr still.

Er verließ die Seite des Toten und wandte sich an die Frau, die in der Nähe wartete.

»Bereite ihn zum Begräbnis vor, nachdem der Mond heute nacht seine Seele geholt hat. Seine Seele ist sehr still, während sie wartet. Du brauchst ihn nicht zu stören.«

Bete, hatte der Alte gesagt. Der Mond kam voll heraus, seine Strahlen splitterten im Geäst über ihm. Der alte Häuptling wurde mit Fellen zugedeckt, und das Klageweib neben ihm schlug die Hände vor das Gesicht, beugte sich vor und zurück und intonierte: »Ah, ahhhhh, ah, ah.«

»Alte Götter«, sagte Neju, der in der Mitte der Dorfbewohner stand. »Alte Götter, ich weiß nicht, wie ich richtig mit euch reden soll.« Seine Stimme klang leise und verlegen. »Ich hoffe, es macht euch nicht zuviel aus. Ich versuche es richtig zu machen. Alte Götter, die Legenden erzählen, wie ihr mächtige Dämonen beherrscht habt, als ihr auf unsere Welt gekommen seid. Jetzt sind auf unserer Welt Dämonen erschienen, die Gott-Männer beherrschen.« Er runzelte die Stirn, bemüht, sich so deutlich wie möglich auszudrücken. »Diese Dämonen sind sehr schlimm. Sie töten uns.« Er machte eine Pause. »Wir möchten, daß ihr uns helft, die Dämonen zu töten, damit die Gott-Männer frei werden und wir ohne Angst leben können.«

Neju wartete. Der Boden bebte nicht. Der Mond verdunkelte sich nicht. Die alten Götter antworteten nicht.

»Vielleicht haben wir nicht das Recht, für uns zu bitten«, sagte Neju. »Aber für die Gott-Männer, die eure Brüder vom Himmel sind. Helft uns, sie zu befreien, alte Götter. Sie wollen frei sein wie alle Wesen.«

Die alten Götter schwiegen noch immer.

Langsam ging von Mund zu Mund ein Stöhnen durch die Menge.

»Antwortet uns, alte Götter«, flehte Neju.

Das Stöhnen wurde lauter.

»Antwortet uns, alte Götter«, wiederholte Neju. »Bitte, antwortet uns.«

Und noch immer keine Antwort: nur ein Windhauch im Laub; keine Stimme, kein Zeichen, kein Laut, daß die alten Götter ihn gehört hatten, kein Echo auf das geflüsterte Gebet, das den Planeten umkreiste, auf die Gedanken, die aufschrien und schließlich erstarben.

Und das Stöhnen verklang.

Neju stand mit gesenktem Kopf, bis es still wurde.

»Ich kann nicht mit den Göttern reden«, sagte er. »Ich bin

kein Häuptling. Ich bin nicht wert, mit Göttern zu sprechen.«

»Wir haben auch gebetet«, sagte eine Frau. »Wir haben alle mit dir gebetet, und sie antworten trotzdem nicht.«

Neju sagte: »Wir wissen nicht, wie wir beten müssen, oder die Götter wissen nicht zuzuhören.«

Die Frau sagte: »Sie sind vor langer Zeit gekommen. Vielleicht haben sie uns vergessen.«

Es wurde still.

Neju blickte auf den toten Häuptling.

»Wie kann ich euch führen, wenn die alten Götter kein Zeichen geben?«

Morgen. Ein gefiedertes Tier sprang in die Lichtung, um Nahrung zu erbetteln. Ein Feuer knisterte feucht. Die Trauernden kamen vom Grab des Häuptlings zurück. Nur sie kannten den Ort, und das Herbstlaub verbarg die Stelle.

Die Jäger traten langsam auf Neju zu. Sie standen verlegen im Kreis um ihn herum. Schließlich ergriff einer das Wort.

»Wir haben uns gestern nacht beraten, nachdem du weggegangen bist.«

»Ja?«

Der Jäger scharrte mit den Füßen.

»Wie du sagst, können wir nicht fliehen, denn wir müßten wieder und wieder die Flucht ergreifen.«

»Die alten Götter haben mir kein Zeichen gegeben«, sagte Neju müde.

»Der Vater hat nur gesagt, daß wir beten sollen. Er sagte nicht, daß sie antworten würden.«

Neju bedachte das ernsthaft.

»Wir müssen die Gott-Männer ermuntern«, fuhr der Jäger fort. »Sie müssen Mut von uns lernen. Gemeinsam mit den Gott-Männern können wir die Dämonen besiegen. Wenn die alten Götter uns nicht helfen, müssen es die Gott-Männer tun.«

Neju lauschte; nur seine Arme bewegten sich ruhelos.

»Zuerst müssen wir den Gott-Männern zeigen, daß wir uns vor Dämonen nicht fürchten.«

Neju wartete.

»Wir alle, Kinder, Frauen, die Alten, alle, müssen zu ihrem Dorf ziehen, die Trommeln schlagen und rufen, um sie zu ermuntern. Wir dürfen keine Furcht zeigen. Die Gott-Männer werden sich dann erheben.«

Neju regte sich.

»Sie werden sehen, daß wir keine Angst haben, und sie werden ihre Angst verlieren. Gemeinsam werden wir uns gegen die bösen Dämonen wenden und sie vernichten. Und du mußt uns führen.«

»Laßt mich allein«, sagte Neju. »Ich muß nachdenken.«

Neju stand eine ganze Stunde da. Die Sonne rückte zum Scheitelpunkt des Himmels. Dann bewegte er sich steif.

»Leute«, rief er.

Die Dorfbewohner stellten ihre Arbeit ein. Sie wandten sich ihm zu.

»Kommt zu mir!« rief er.

Sie kamen.

»Ihr habt vom Plan der Jäger gehört?« fragte er, als es still geworden war.

Sie nickten nacheinander.

»Und ihr habt keine Angst?«

Sie schwiegen. Schließlich sagte jemand: »Wir haben Angst, aber wir werden tun, was getan werden muß.«

»Nun gut«, sagte Neju. »Wenn es das ist, was ihr wollt, werde ich euch führen.«

»Wir tun nur, was wir tun müssen«, sagte jemand.

Neju sah sie der Reihe nach an.

»Wir werden essen, dann ziehen wir los. Wir gehen zum Dorf der Gott-Männer. Jeder von euch nimmt ein Instrument mit, auf dem er Lärm machen kann, um die Dämonen zu erschrecken und die Gott-Männer zu ermuntern.«

Sie nickten stumm und entfernten sich langsam.

Neju bestimmte drei Jäger, die bei ihm bleiben sollten.

»Bevor wir das tun«, sagte er zu ihnen, als die anderen gegangen waren, »müssen wir noch einmal versuchen, über die Mauer zu gelangen und die Dämonen zu erschlagen.«

»Sie werden einander bewachen«, wandte ein Jäger ein. »Wir können sie ohne die Hilfe der Gott-Männer nicht besiegen.«

»Wir müssen es versuchen«, sagte Neju.

Die drei Jäger sahen einander an.

»Wir verlassen die anderen am Rand der Lichtung, wenn der Mond hoch steht, und versuchen es wie beim erstenmal. Wenn es uns mißlingt, müssen sie uns folgen und den Gott-Männern Ermunterung zurufen. Aber vorher müssen wir es versuchen.«

Die Jäger sagten der Reihe nach: »Wir gehorchen dir.«

Sie versammelten sich, alle ohne Ausnahme. Und sie setzten sich in Bewegung: eine lange, sich windende Reihe. Ein Baby weinte, und seine Mutter beruhigte es. Der Wald war lebendig, er raschelte und schnatterte. Auf den Gesichtern standen Angst und Entschlossenheit.

Neju und die drei Jäger führten sie an. Sie spähten das Gelände vor ihnen aus.

Die Kolonne rastete oft, und die Alten murmelten vor sich hin, verwirrt und unsicher. Und die anderen versuchten sie zu beruhigen und es ihnen bequem zu machen. Die Kinder liefen herum, aber nicht weit von der Kolonne. Die zahmen Baumtiere folgten ihnen in den Wipfeln und schnatterten von Zeit zu Zeit verwirrt hinunter.

Sie zogen weiter, und die Sonne ging unter, und die ersten Waldschatten kamen hervor, um die Nacht zu begrüßen. Der Sonnenuntergangsregen kam, ungewöhnlich stark, und brachte die Laute im Wald zum Verstummen. Die Luft roch frisch und klar.

Ein paar Vögel kauerten in einem jahrhundertealten Baum beisammen und zwitscherten schläfrig.

»Wir müssen uns beeilen«, sagte Neju.

Und die Kolonne zog schneller voran, die Geräusche wurden durch das feuchte Laub gedämpft. Ranken und Äste teilten sich vor ihr und schlossen sich dahinter rauschend. Die Kinder zogen die Schultern ein, und die Kolonne lief weiter.

Als das Zwielicht voll über dem Wald lag und die ersten hellen Heldenseelen am Himmel standen, glitt Neju von der Vorhut nach hinten und flüsterte: »Wir sind fast da. Seid ganz leise.«

Neju deutete durch Gesten an, daß man sich zerstreuen solle, und als er zufrieden war, zog man weiter.

Und schließlich erreichten sie den Waldrand.

Dort lag die Palisade, von elektrischen Lampen erhellt. Die Frauen hielten die Luft an, als sie den großartigen Bau erblickten. Ah, was die Dämonen für ihre Diener errichteten! Und der Hubschrauber, der von einem weiten Erkundungsflug zurückkehrte, ließ sich im Innern der Mauer nieder. Seine Flügel schimmerten im Licht des Mondes.

Die Eingeborenen schauderten in abergläubischer Ehrfurcht; sie preßten ihre Lärmgeräte fester an sich, als wollten sie sich damit schützen.

Neju und die drei Jäger hatten das Grasland erreicht; das Fort war still, abgesehen vom Geräusch der Schritte, das die Wachen verursachten.

Neju bedeutete den drei Jägern, zurückzubleiben. Er duckte sich und rannte zur Mauer, wobei er den beinahe unsichtbaren Draht zerriß, ohne es zu bemerken.

»Da ist einer!« rief jemand über ihm. »Hier!«

»Ich habe doch gesagt, daß sie zurückkommen!«

Neju erstarrte vor Entsetzen.

Über ihm trampelten viele Stiefel.

»Was ist mit dem Scheinwerfer los?«

»Ah, da!«

Und es wurde hell.

Der Lichtstrahl zuckte über das Gras.

Eine Waffe zischte auf einen Schatten zu.

»Irgendwo da draußen sind sie!«

»Ich sehe sie nicht!«

Wieder fauchte eine Waffe.

»Siehst du etwas?«

»Ich dachte, ich hätte etwas bemerkt!«

Neju preßte sich an die Mauer. Das Licht hatte ihn erfaßt, aber noch blickten sie nicht auf ihn hinunter. Neju schaute sich nach seinen Begleitern um. Die auf der Mauer hatten sie noch nicht entdeckt.

»He! Seht mal!« schrie ein Gott-Mann. »Da ist einer!«

Neju hob den Kopf.

»Direkt vor uns!«

Und Neju hielt den Atem an und wartete.

»Na, mich soll der Teufel holen!«

Neju blickte in zwei Gesichter; sie waren von Dämonen beherrscht, verzerrt von Angst und Haß. Er sah einen der Gott-Männer eine Waffe heben. Er starrte ungläubig hinein. Sie spuckte Flammen.

An der linken Seite spürte er einen sengenden Pfeil. Seine Hände erschlafften, und er stürzte. Er fiel lange Zeit durch Krankheit und Unwirklichkeit. Dann fiel er nicht mehr.

In der Ferne hörte er die Trommeln und die Schreie seines Volkes.

Er wollte ihnen etwas sagen. Er zuckte in Qual, versuchte zu schreien.

»Oh, schaut!« riefen die Gott-Männer.

Die Eingeborenen stürmten aus dem Wald und riefen den Gott-Männern Ermunterung zu.

»Ermannt euch! Wendet euch gegen die Dämonen! Wir befreien euch! Verbündet euch mit uns!«

Die Eingeborenen kamen näher, schüttelten ihre Lärmgeräte, schrien.

Jemand auf der Mauer lächelte und schoß, und einer der Eingeborenen wankte und fiel.

Die anderen Gott-Männer begannen ihre wirksamsten Waffen auf die Eingeborenen zu richten.

»Seht euch an, wie sie kommen!«

»Bringt sie alle um!«

»Bringt sie um!«

Immer näher kamen die Eingeborenen und riefen den Gott-Männern zu, sich aufzulehnen.

Und dann schwankte der Boden!

Der Wald hinter den Eingeborenen begann zu knacken. In alle Richtungen flogen Bäume davon, wie Streichhölzer.

Ein Riesenwesen zertrampelte alle Hindernisse mit unüberwindbarer Kraft.

Dann hatte das metallene Monstrum den Wald verlassen. Es ragte vorsichtig über, neben, zwischen den Eingeborenen empor.

Der Scheinwerfer im Fort drehte sich, kam zum Stillstand.

Und ein Ächzen stieg von der Mauer empor. Dann kamen Flüche des Entsetzens.

Da stand er. Ein schimmernder Koloß. Riesig. Und gelassen jenseits aller Vorstellungskraft. Er wandte sich dem Fort zu.

Er war weit hergekommen; aus der tiefen, verborgenen Höhle im Polargebiet – wo er stumm geruht hatte, bis er mit seinem ungeheuer komplizierten und empfindlichen Elektronengehirn die Befehle seiner Besitzer empfangen hatte. Nach vielen, vielen Jahren brauchten sie ihn, wie das kleine Kind damals geglaubt hatte.

Er bewegte sich von neuem.

Die Waffen im Fort setzten die ganze höllische Energie frei, über die sie verfügten.

Der Koloß lächelte, auf seine Weise.

Dann begann er methodisch das Fort auseinanderzunehmen, zerfetzte die Palisade, als seien die Baumstämme Zahnstocher.

Er bemerkte, daß einer seiner Herren, Neju, verwundet an der Palisade lag.

Er bückte sich und hob ihn vorsichtig auf. Er legte ihn sanft in die Schultertasche, wo ihm nichts geschehen konnte, prüfte die Verwundung und wußte automatisch die richtige Behandlung.

Der Hubschrauber startete und flog vor dem metallenen Riesen davon.

Zerstreut wischte das Spielzeug eines Kindes der alten Götter den Hubschrauber vom Himmel und schleuderte ihn beinahe einen halben Kilometer weit, bevor er im Wald abstürzte.

ENDE

Bitte beachten Sie die folgenden Anzeigenseiten. Die dort genannten Preise entsprechen dem Stand vom Herbst 1972 und können sich nach wirtschaftlichen Notwendigkeiten ändern.

Goldmanns WELTRAUM Taschenbücher

Lloyd Biggle
Spiralen aus dem Dunkel
Utopisch-technischer Abenteuerroman
208 Seiten. Band 096. DM 3.–

In den USA landet ein mysteriöses Flug-objekt – wie aus dem Nichts ... Vom Lan-dungsplatz breiten sich in großen Spiralen Bahnen der Vernichtung und Zerstörung aus. Woher kam dieses geheimnisvolle, tödliche Flugobjekt? Aus den Tiefen des Weltraums? Oder etwa aus der Zukunft?

Arthur C. Clarke
Die letzte Generation
Utopisch-technischer Roman
192 Seiten. Band 070. DM 3.–

Gigantische Raumschiffe schweben über den größten Städten der Erde. Wer sind die Besucher aus dem Weltall? Sie nennen sich die ›Overlords‹ und bestimmen das Schicksal der Erde. Im Auftrag einer kosmischen Macht entführen sie die Kinder, um sie auf einem fernen Planeten für eine Gemeinschaftsaufgabe vorzubereiten.

Richard Cowper
Phönix
Utopisch-technischer Abenteuerroman
160 Seiten. Band 099. DM 3.–

Können Menschen im Tiefschlaf Jahrhunderte überleben? Das Problem scheint für die Wis-senschaft und Technik unserer Tage fast ge-löst. – Der Roman berichtet von einem sol-chen Experiment. Nach einem todesähnlichen Schlaf im unterkühlten Zustand erwacht Bard Cecil in einer fremden, zukünftigen Welt vol-ler Gefahren.

WILHELM GOLDMANN VERLAG MÜNCHEN

Goldmanns WELTRAUM Taschenbücher

Lloyd Biggle
Verbrechen in der Zukunft
Utopisch-technische Erzählungen
192 Seiten. Band 098. DM 3.–

Die Polizei hat ein Gerät erfunden, mit dessen Hilfe man auf einem Fernsehschirm Ereignisse beobachten kann, die erst in einigen Wochen stattfinden werden. Aber kann man die Zukunft, die man vorhergesehen hat, manipulieren?

D. F. Jones
Colossus
Technischer Zukunftsroman
176 Seiten. Band 094. DM 3.–

Colossus – diesen Namen gab Professor Charles Forbin dem riesigen Computer, den er in langjähriger Arbeit entwickelte. Seine Aufgabe: Die Verteidigung des amerikanischen Kontinents. Als der Super-Computer in Betrieb genommen wird, muß man feststellen, daß er sich nicht mehr abschalten läßt. Der Menschheit droht die Gefahr, von Colossus regiert zu werden ...

E. C. Tubb
Projekt Ming-Vase
Utopisch-technische Erzählungen
176 Seiten. Band 093. DM 3.–

Zehn Geschichten von morgen – in kühnem Gedankenflug entführen sie den Leser in eine ferne Zukunft, in die unendlichen Weiten des Universums. Eine Auswahl, in der die ganze Spannweite der Science Fiction aufgezeigt wird. Telepathie, Raumfahrt, Leben auf anderen Planeten, Abenteuer im Weltraum – das sind einige der Themen.

WILHELM GOLDMANN VERLAG MÜNCHEN

Goldmanns WELTRAUM Taschenbücher

Rex Gordon
Der Zeitfaktor
Technischer Zukunftsroman
192 Seiten. Band 069. DM 3.–

Amerikanische Wissenschaftler schicken eine Filmkamera mit einer Zeitmaschine hundert Jahre in die Zukunft. Doch die Aufnahmen aus jener Zeit vermitteln ein Bild des Schreckens. Die Erde ist durch einen Atomkrieg verwüstet. – Muß es tatsächlich so werden? Oder gibt es eine Möglichkeit, den Ablauf der Geschehnisse zu beeinflussen?

Damon Knight
Welt ohne Maschinen
Utopisch-technische Erzählungen
176 Seiten. Band 092. DM 3.–

Die Titelgeschichte führt den Leser in eine Zeit, wo alle Maschinen überflüssig geworden sind. Man hat einen höchst ungewöhnlichen Ersatz dafür gefunden. – Die beiden anderen Erzählungen befassen sich mit der ewigen Menschheitsfrage der Unsterblichkeit und der Freundschaftsmission eines Botschafters aus dem All.

Rick Raphael
Strahlen aus dem Wasser
Utopisch-technische Erzählungen
192 Seiten. Band 073. DM 3.–

Die Überbevölkerung der Erde und die Industrialisierung haben ein Ausmaß erreicht, das die menschliche Existenz gefährdet. Das Frischwasser reicht für die Erdbevölkerung nicht mehr aus! Werden die Fachleute der Zukunft noch rechtzeitig eine Möglichkeit finden, diese große Gefahr zu beseitigen?

WILHELM GOLDMANN VERLAG MÜNCHEN

Goldmanns WELTRAUM Taschenbücher

Pierre Boulle
Der Planet der Affen
Utopisch-technischer Roman
192 Seiten. Band 059. DM 3.–

*Ein abenteuerlicher Gulliver namens Ulysse
Mérou landet im Jahre 2502 mit seinem Raumschiff
auf einem fernen Planeten und findet
sich in einer getreuen Kopie der auf den Kopf
gestellten Gesellschaft der Erde wieder. Die
Menschen hausen als Wilde in den Wäldern; die
Affen dagegen sind Träger der Zivilisation.
Nach diesem Roman entstand einer der erfolgreichsten
Filme der 20th Century Fox.*

Leslie P. Davies
Der Mann aus der Zukunft
Utopisch-technischer Kriminalroman
176 Seiten. Band 090. DM 3.–

*England im Jahre 2017. Das Land wird von
einem allmächtigen Diktator beherrscht. Die
Menschen leben in einem Polizeistaat, der
ihnen jegliche persönliche Freiheit genommen
hat.
Gegen diesen Zwang rebelliert eine Gruppe
von Ärzten. Ein erbitterter Kampf um die
Macht beginnt ...*

Raumfahrt wohin?
Der praktische Wert der Weltraumforschung
Herausgegeben von Eugen Sänger
192 Seiten. Band 061. DM 3.–

*Aufgabe und Ziel amerikanischer Raumfahrtprojekte
– Zweck und Sinn der Erforschung
des Kosmos – Japans Hoffnung an der
Schwelle eines neuen Zeitalters – Aspekte der
unbemannten Raumfahrt – Hilfe für die Erde
aus dem Kosmos?
Weltraumforscher aus acht Ländern schreiben
über diese und ähnliche Themen.*

WILHELM GOLDMANN VERLAG MÜNCHEN

Goldmann ABENTEUER Taschenbücher

William C. MacDonald
Der Skalp des Comanchen

Western aus der Pionierzeit in Texas
160 Seiten. Band A 14. DM 3.–

Mitten in der Wüste sitzt der alte Brose Randle in einem Ruderboot, steif, aufrecht – und tot. Nicht weit vom Boot liegt ein Indianerskalp, reich mit Perlen bestickt. Gregory Quist, der berühmte Eisenbahndetektiv, entdeckt den Toten und den Skalp – und wird vom Sheriff als Mörder des alten Randle festgenommen ...

Peter Norden
Fliegender Sand

Ein großer deutscher Abenteuerroman
165 Seiten. Band A 5. DM 3.–

Sie gingen immer nach Osten, auf die Küste zu. Pro Tag schafften sie zwanzig Kilometer – das bedeutet einen Marsch von vielen Wochen bis zur nächsten menschlichen Siedlung. Die Wüste lauerte auf ihre Opfer: Sechs Männer, vom Zufall zusammengewürfelt, im qualvollen Kampf um das nackte Leben ...

Ben Smith
Das Tal der Rache

Ein Western aus Montana
160 Seiten. Band A 6. DM 3.–

Als noch das Faustrecht galt im Westen der USA, als Banditen und Gesetzlose den Siedlern das Leben schwermachten, sorgten die Männer von den berühmten ›Texas-Rangers‹ für Recht und Gesetz. – Einen von ihnen führt der Hilferuf seines Freundes bis nach Montana ...

WILHELM GOLDMANN VERLAG MÜNCHEN

Goldmann ABENTEUER Taschenbücher

Clifton Adams
Kopfprämie für Mr. Brown

Western aus der Zeit des Eisenbahnbaus
160 Seiten. Band A 2. DM 3.–

Frank Shade hatte den Auftrag, einen Verbrecher zu fassen, der seit Monaten die Gegend terrorisierte. 10 000 Dollar waren dafür ausgesetzt, und viele wollten sie sich verdienen. Shade stieß wie alle anderen gegen eine Mauer des Schweigens.

John C. Champion
Falken im Mittag

Abenteuer aus der Zeit der Indianerkriege
183 Seiten. Band A 13. DM 3.–

Arizona, im Sommer 1870.
Aufstand der Apachen.
Die letzten Weißen fliehen nach Fort Yuma an der Grenze von Mexiko. Doch sie erreichen das Fort nicht. Lautlos haben Indianer die Flüchtenden eingekreist . . .

Ronald Johnston
Glutroter Horizont

Abenteuer auf den Bahamas
150 Seiten. Band A 3. DM 3.–

Leuchtsignale über dem Korallenriff! Im Hurrikan ist eine Jacht gestrandet und zerschellt. Joe Lennard und sein Freund Moses können die Überlebenden in Sicherheit bringen. Aber mit den Geretteten kommt Gefahr in das Ferienparadies auf den Bahamas. Für Joe und Moses geht es jetzt um Leben und Tod . . .

WILHELM GOLDMANN VERLAG MÜNCHEN

Verehrter Leser,

senden Sie bitte diese Karte ausgefüllt an den Verlag. Sie erhalten kostenlos unsere Verlagsverzeichnisse zugestellt.

WILHELM GOLDMANN VERLAG · 8 MÜNCHEN 80

Bitte hier abschneiden

Diese Karte entnahm ich dem Buch

Kritik + Anregungen

Ich wünsche die kostenlose und unverbindliche Zusendung des Verlagskataloges und laufende Unterrichtung über die Neuerscheinungen des Wilhelm Goldmann Verlages.

Name

Beruf   Ort

Straße

Ich empfehle, den Katalog auch an die nachstehende Adresse zu senden:

Name

Beruf   Ort

Straße

Goldmann Taschenbücher sind mit über 3200 Titeln (Frühjahr 1972) die größte deutsche Taschenbuchreihe. Jeden Monat etwa 25 Neuerscheinungen. Gesamtauflage über 125 Millionen.